転異世界のアウトサイダー 2

OUTSIDER IN ANOTHER WORLD

神達が仲間なので、最強です

著 びーぜろ

絵 YuzuKi

ケイ
悠斗が預かることになった、
元奴隷の少女。
火属性魔法が得意。
フェイ
ケイと一緒に悠斗が引き取った、
獣人の男の子で元奴隷。
剣と風属性魔法を
練習している。
佐藤《さとう》悠斗《ゆうと》
カツアゲされていたところ、
異世界召喚された高校生。
召喚主である王国に無能だと
捨てられるが、
『影魔法』と『召喚』を駆使して、
異世界を旅することに。
ペンダントの
精霊
悠斗に危機を知らせる
ペンダント「虫の知らせ」
の中にいる精霊。
クールな性格。

主な登場人物
鈴木愛堕夢《すずきあだむ》
多威餓の不良仲間でお調子者。
ユニークスキル
『光魔法』を所持している。
田中多威餓《たなかたいが》
悠斗とともに異世界転移した
不良の一人。
ユニークスキル『雷魔法』を
使用する。
カマエル
悠斗が召喚できる大天使。
主の悠斗に対しては過保護。
無類の酒好き。
ロキ
悠斗が召喚できる神様。
子供っぽい性格で、気分屋。
一人称はボクだが、女子。

1　アンドラ迷宮潜入

ある日、俺、佐藤悠斗《さとうゆうと》は不良二人からカツアゲされそうになっていたところ、突如《とつじょ》出現した魔法陣によって異世界に飛ばされた。

転移先は隣国と戦争中のマデイラ王国という場所。俺と不良達は王国を守るための戦力として召喚されたらしく、強制的に訓練を受ける羽目《はめ》に……

ともに飛ばされた不良達が強力なスキルとステータスを獲得する中、俺が手に入れたのは『影を操る』というなんとも地味な力だった。

その能力とステータスの低さを理由に周囲から無能扱いされた俺は、ついにはマデイラ王国にある『マデイラ大迷宮』に訓練の一環で潜《もぐ》った際、囮《おとり》として捨てられてしまう。

そんな中、脱出を試みた俺は『召喚』スキルを入手した。そして、大天使のカマエルさんを仲間にすることに成功する。

自分の能力を、影を便利に使いこなす『影魔法』に密かに進化させていたこともあり、俺はその力を駆使して迷宮を無事脱出。そのままマデイラの人間に気付かれないよう隣国のアゾレスへと移動するのだった。

二つの国の間にある『名もなき迷宮』も、悪戯《いたずら》好きな神様のロキさんの力を借りつつ踏破した俺。

順調に二つの迷宮を攻略した後、俺はポーションを作ったり、次の迷宮攻略の準備をしたりしながら自由気ままな生活を送るのだった。


「うわぁ……近くで見るとより高く感じるな」

俺は現在、アゾレス王国にある六十階層からなる塔型《とうがた》の迷宮――『アンドラ迷宮』の前に立っている。

街の東門を潜って左手すぐのところに位置するこの迷宮のまわりは、露店《ろてん》が立ち並び、数多くの冒険者で賑《にぎ》わいを見せていた。

おそらくあの冒険者達は、これからアンドラ迷宮に挑むのだろう。

その人の群れの間をぬってアンドラ迷宮の入り口に向かうと、俺は周囲を監視している兵士からギルドカードの提示を求められる。

アゾレス王国にある二つの迷宮、アンドラ迷宮と『ボスニア迷宮』は、俺が攻略してきたものと異なり、国が管理しているため、兵士に許可をとらないと入れないのだ。

今まで攻略してきた迷宮にもあった階層の情報を示す掲示板は、兵士達の詰所のようなところに置かれていて、国に管理されているし、色々と勝手が違うみたいだ。

俺がカードを渡すと、兵士は中身を確認しながら俺に忠告してくる。

「ん？　Ｆランク冒険者が一人で迷宮に入るのか？　悪いことは言わない。パーティを組んでから出直した方がいい」

「大丈夫です。これでも迷宮を一人で探索できるくらいには強いですから」

自分で言っていて恥ずかしくなってくるが、そうでも言わないと入らせてもらえそうにない空気だったから、仕方がない。

俺の返答を聞くと、兵士は頭をかく。

「まあ、命を大事《だいじ》にな……危険を感じたらすぐ戻ってくるんだぞ」

「はい！　ありがとうございます」

俺は兵士にお礼の言葉を告げた後、地図を片手に駆け出す。

外から見た時は細くて狭そうだと思っていたが、思いのほか広大だ。

一階層は荒野のようなフィールドで、ウルフやオーク、ウルフと同じサイズがあるビッグラビットなどのモンスターがあちこちに出現していた。

囲まれない限りは、このレベルのモンスターなら死ぬことはないだろうと思いながら、先に進む。

道中、冒険者がいないことを確認するために、影に入った範囲にいる対象を捕捉する『影探知《サーチ》』を発動した。

誰もいないことが分かると、『影収納《ストレージ》』を発動し、その中にモンスターを次々と沈める。

『影収納《ストレージ》』というのは、量やサイズに関係なく何でも取り込める魔法だ。

中の酸素をなくしたものにモンスターを入れると、処分することもできる。

二時間ほど散策しながら『影収納《ストレージ》』にモンスターを入れまくったところで、最初のボス部屋が見えてきた。

ギルドで聞いた情報によると、ここで出現するボスはオークロードだったはずだ。

扉を開け中に入っていくと、部屋の中央に差しかかったあたりで、床に魔法陣が描かれているのが目に入った。

そこに近付いた途端、魔法陣が光り始め、その中から身長二メートルを超えるオークロードと十数体のオークが現れる。

そして、オークロード達はこちらにギョロリと視線を向けた後、咆哮《ほうこう》を上げながら一斉に襲いかかってきた。

「う、うわっ！　『影縛《バインド》』」

少し焦りはしたが、相手を縄状《なわじょう》の影で拘束する魔法を咄嗟《とっさ》に発動し、対処する。

オークロード達を動けないようにした後は、そのまま『影収納《ストレージ》』に沈めた。

『影魔法』は使い勝手のいいユニークスキルだと、改めて思う。

そんなことを考えていると、オークロード達が現れた魔法陣が再び輝き出した。おそらくこの上に乗れば今までの迷宮と同じく次の階層に進めるのだろう。

そう思って乗った瞬間、辺り一帯には緑が広がっていた。どうやらこの階層は、草原フィールドのようだ。

周囲には、顔が犬っぽいコボルトや毒々しい色合いのデススネークなどのモンスター、そしてそれらと戦う冒険者の姿があちこちに見える。

「あれは、癒草《いやしぐさ》と毒消草かな？」

少し遠くに視線をやると、ポーションや毒消しの原料となる薬草が生えていた。

しばらくして、辺りを見回している俺に、『虫のしらせ』と呼ばれる精霊のペンダントが振動して語りかけてきた。

このペンダントは、俺に危機が迫っている時に反応して震え出す便利なアイテムだ。

『悠斗……矢が飛んでくる』

「えっ⁉」

俺がペンダントに聞き返したところで、足下に一本の矢が突き刺さった。

「うわっ！」

情けない悲鳴を上げてしまったが、気を取り直してすぐさま『影探知《サーチ》』を周囲に使う。

二人の冒険者らしい人が近くにいるのを捕捉できた。

おそらく、そのうちの一人が俺に向けて矢を射ってきたのだろう。

「なんだよ、外しているじゃねーか」

「チッ、しかたねーだろ。距離が遠かったんだよ」

声のする方向に視線を向けると、あまりガラのよくない冒険者風の二人組が言い合いながらこちらに向かっていた。

二人とも俺の全然知らない人だし、攻撃される覚えもなかったが、会話を聞く限り、間違えて矢を放ってしまった可能性は少なそうだ。

俺は冒険者風の男の目の前まで行って、尋ねる。

「すみません。これは、どういうことでしょうか？」

「ああっ？　うるせぇな！　今取り込み中だよ……っ」

片方がこちらを振り向き、俺を威嚇《いかく》するように声を上げた。

答えてくれないか……少し手荒になるけど理由は確認しておいた方がいいだろう。

俺は即座に冒険者二人の動きを封じようと、魔法を発動した。

「『影縛《バインド》』！」

そして二人にさらに近づき、再び質問する。

「もう一度聞きます。なんで俺に矢を放ったんですか？」

「なんだよ、これ！　動けねぇ！　テメェ！　なにをしやがった！」

何をされたか分からず混乱する片方に対し、もう一方の男はこちらを睨み付けながら口を開いた。

「言う訳ねーだろ、バーカ！」

俺は子供の悪口のような返答にため息をついた。

このまま質問しても、求めている答えは得られなさそうだ。

「じゃあ……申し訳ないですけど、強制的に教えてもらうことにしますね」

二人組の頭に手のひらを置き、記憶や精神に干渉する『闇属性魔法』を発動させると、以前アゾレスに移動する時に捕まえたカルミネ盗賊団の連中であることがわかった。

どうやら、自分達を捕まえて冒険者ギルドに引き渡した俺に対する報復のため、脱獄してから各地で網を張っていたらしい。そんな中で偶然、この二人と俺が出くわしたみたいだ。

とりあえず生かしたまま二人を『影収納《ストレージ》』に収め、気分転換に次の階層を軽く散策してから、『影転移《トランゼッション》』で一階層に移動した。

そのまま迷宮から出た俺は、残党の二人を引き渡すため冒険者ギルドへと向かう。

ギルドの扉を開き受付まで歩いていくと、以前カルミネ盗賊団を捕まえた時に対応してくれた女性が声をかけてきた。

「ようこそ、冒険者ギルドへ。悠斗様、いきなりで申し訳ないのですが、副ギルドマスターが悠斗様に会いたいとのことでして……こちらの部屋に来ていただいてもよろしいでしょうか」

「あ、わかりました」

こちらの用件を伝える前に呼び出されてしまった。

まぁ、残党の件は後で伝えればいいだろう。

そう考えながら受付の女性についていき、副ギルドマスター室に案内された。

「副ギルドマスター、悠斗様をお連れいたしました」

「ああ、ありがとう……君が悠斗君か、活躍はよく聞いているよ。私の名前はバンデット・インサイダーだ。ここの冒険者ギルドの副ギルドマスターを務めている。よろしく頼むよ」

バンデットさんは、自分の椅子《いす》から立ち上がって、俺の前に来て手を差し出してきた。

俺は握手をかわしながら、早速話を切り出す。

「よろしくお願いします。それでお話があると受付の人から聞いたのですが……」

バンデットさんは俺に近くのソファを勧めた後、自分の席に戻り口を開いた。

「その件なんだがね。実は悠斗君、ここに君を呼んだのは、謝らなければならないことがあるからなんだ。以前、君に捕まえてもらったカルミネ盗賊団だが、どういう手段を使ったのか冒険者ギルドから脱獄してしまってな……」

「冒険者ギルドで尋問にかけ、アジトの場所を吐かせると伺《うかが》っていたのですが、その件はどうなったんですか？」

俺の質問にバンデットさんは苦々しい表情を浮かべる。

「……残念だが、尋問をする前に脱獄してしまったため、それもできていないんだ。申し訳ない」

バンデットさんは、その言葉とともに頭を下げた。

まあ、脱獄してしまったものは仕方がない……というかさっきの二人から情報を得たから知っているんだけどね。

ちょうどいい具合に盗賊団の団員を捕獲しているし、この二人を尋問すればいいだろう。

「頭を上げてください！　大丈夫です！」

俺はそう言いながら『影収納《ストレージ》』からカルミネ盗賊団の団員二人を出すと、暴れないよう『影縛《バインド》』で縛り上げた。

「実は先ほど、迷宮でカルミネ盗賊団の団員を二人ほど捕まえました。この二人を尋問すれば、今度こそ彼らのアジトを聞き出すことができますよ！」

顔を上げたバンデットさんは、俺と盗賊団の二人を交互に見て、唖然《あぜん》としていた。

急に影の中から人が出てきたから驚いたのかもしれない。

「逃げたりはしないので大丈夫です。ほらっ！」

俺は何でも入る空間に繋がる『収納指輪』というアイテムから、『鍵穴のない鉄球付の拘束具』を取り出すと、二人の首と手足に着けていく。

この拘束具は以前冒険者ギルドで揉め事があった際に使った、切りつけても勝手に再生するヒュドラの素材で作った頑丈《がんじょう》なものだ。

素材に使ったヒュドラのことは冒険者ギルドには秘密だから、そこは伏せておこう。

「これでよし、っと……バンデットさん。この拘束具は素材が特殊でして……決して外れない代物です。これでこの二人はもう逃げることはできません！」

バンデットさんは顎《あご》が外れそうな程口を開け、石のように固まったままだ。

せっかく聞き出すチャンスが再び来たのになんで尋問を始めないんだろう。

こころなしか顔色も優れないみたいだし……なぜだろう。

そうか！　カルミネ盗賊団に一度脱獄されてしまったから、これだけ拘束してもまだ逃げられる可能性があると気にしているのかもしれない。

だったらすぐに尋問を始めた方がいいよね。

「バンデットさん、今ここで彼らの尋問をしましょう！　俺に任せてもらえませんか？」

「えっ、それは……」

バンデットさんは急に怖気《おじけ》づいたように声を上げる。

何かに怯《おび》えているみたいだけどどうしたんだろう。

「Fランク冒険者の俺では心許《こころもと》ないと思うかもしれませんが、問題ありません。俺にはアンドラ迷宮でこの二人の素性を突き止めた実績がありますから。ここでも必要な情報を吐かせてみせます」

そもそも俺に捕まるような奴らが相手なら、そう手こずることもないはずだ。いざとなればまた『闇属性魔法』で聞き出せるし……。

「いや……あの」

俺の提案に、戸惑うバンデットさん。

その一方、受付嬢は感銘《かんめい》を受けたようで、バンデットさんに乗り気になってもらうため、力説し始めた。

「副ギルドマスター、今すぐ尋問に移りましょう。悠斗様はFランクではありますが、以前も大量の盗賊を捕まえた実力者です。きっと力になってくれます！」

彼女の気迫に負けたのか、バンデットさんはまるで諦めたように頷《うなず》いた。

「そっ、そうだな……すぐに尋問しよう……」

バンデットさんがそう告げると、カルミネ盗賊団の二人が彼を鋭く睨み付けていた。

その眼光に怯《ひる》んだのか、バンデットさんはなかなか二人の前に行こうとしない。

よほど盗賊団を恐れているのだろうか。仕方がないから俺が一肌脱ぎますか。

そう思い、弱腰な副ギルドマスターに代わりに俺は二人に近づいた。

「えっ、ちょっ――――まっ！」

バンデットさんがなにかを言いかけていたが、受付の女性の「悠斗様！　お願いします！」という発言が被って何もわからなかった。

俺は、団員の二人の頭に手のひらを翳《かざ》し、『闇属性魔法』で拠点の場所を言いたくなるよう暗示をかけていく。さっきみたいに直接情報を読み取らないのは、彼らの口から言ってもらった方が信《しん》憑性《ぴょうせい》が増すからだ。

数秒ほどして、二人は目をトロンとさせながら呟《つぶや》いた。

「カルミネ盗賊団の……アジトは……アゾレス王国貴族街の……クロッコ男爵の邸宅……」

貴族の邸宅が根城か。

貴族街に盗賊なんかが入り込んで、よく捕まらなかったものだと感心してしまう。

二人の自白を聞くやいなや、受付の女性が声を上げた。

「副ギルドマスター！　貴族が関わっているとなると、私達の手には負えません。すぐにギルドマスターに報告しましょう！」

そして彼女は、ギルドマスターを呼びにいくために駆け出していってしまった。

行動力がある人だ。

役目を終えた俺は、バンデットさんにすべてを任せることにし、盗賊の二人をそのままに部屋を出ようとする。

ふとバンデットさんの方を振り返ると、なぜか机の上で頭を抱えていた。

今後の仕事が増えることに悩んでいるのだろうか。

俺は厄介事《やっかいごと》を押し付けて申し訳ないと思いつつ、その場で一礼し、ギルドを後にするのだった。

アゾレスに着いてから滞在している『私の宿屋』に戻った俺は、部屋備え付けのポーション風呂に浸かりながら今日あったことを思い返していく。

『私の宿屋』とは、アゾレスに移動する前に助けたアラブ・マスカットという商人が経営している宿だ。助けたお礼にと長い間タダで泊めてもらっている。

ちなみに、マスカットさんは他にも『私の商会』など『私のグループ』をまとめあげる会頭で、俺もそこに迷宮で手に入れた素材を卸すなど、持ちつ持たれつの関係を続けている。

「まさか盗賊団が俺に復讐しにくるとは思わなかったな……」

風呂で疲れや身体の汚れをリフレッシュした俺は、バスローブを羽織《はお》ってベッドにダイブした。

うつ伏せになり、頭まで毛布を被ると、いい具合に眠気が襲ってくる。

俺はその睡魔に誘《いざな》われるまま、夢の世界にダイブするのだった。

◆◇◆◇◆

俺の名前は、バンデット・インサイダー。アゾレス王国冒険者ギルドの副ギルドマスターだが、カルミネ盗賊団という組織の協力者でもある。

そんな俺がサポートしているカルミネ盗賊団だが、最近、悠斗とかいうガキにまとめて捕まってしまった。

しかも、商人連合国アキンドの評議員であり、大商人のアラブ・マスカットを襲撃している最中の出来事だったようだ。

Ｆランク冒険者に捕まるとは、軟弱《なんじゃく》な奴らである。

とはいえ、組織のうちかなりの人数が捕まったと聞いた時は俺も冷や汗をかいた。

尋問前に俺があいつらを逃がさなければヤバかっただろう。

あいつらが手に入れた金の二割を貰えるとはいえ、今回に限って言えば、逃がすためにかかった労力と金の方が格段に上だった。割に合わない……

そろそろ手を引いて、関係を切ることを検討した方がいいのかもしれない。

しかもギルドマスターからは、カルミネ盗賊団を捕縛した冒険者に、逃がしたことを謝罪しておくよう命じられる始末……忌々《いまいま》しい話だ。

ふざけやがって！　あのガキがカルミネ盗賊団を捕まえなきゃ、こっちは万事うまくいっていたんだよ！

しかし、ギルドマスターの命令に逆らえるはずもないので、不本意ではあるが受付嬢に、悠斗という冒険者が来たら俺の部屋に来るよう伝えておくことにした。

それから数週間ほどして、例の悠斗が冒険者ギルドに来訪したと受付嬢から連絡が入る。

そのまま俺の部屋に通すと、入ってきた悠斗に軽い挨拶と自己紹介をする。

あとはひとまず、謝罪したというポーズだけとれば丸く収まるだろう。

とりあえず盗賊団が勝手に逃げたことにして、不慮《ふりょ》の事故の扱いというのが話を進めやすいか。

「……実は悠斗君、ここに君を呼んだのは、謝らなければならないことがあるからなんだ。以前、君に捕まえてもらったカルミネ盗賊団だが、どういう手段を使ったのか冒険者ギルドから脱獄してしまってな……」

そう説明すると、悠斗が質問をしてきた。

「冒険者ギルドで尋問にかけ、アジトの場所を吐かせると伺っていたのですが、その件はどうなったんですか？」

「……残念だが、尋問をする前に脱獄してしまったため、それもできていないんだ。申し訳ない」

これでとりあえず謝罪は済んだ。途中、こいつへの忌々しさが顔に出てしまったかもしれないが、まぁそれも問題ないだろう。

「頭を上げてください！　大丈夫です！」

よし、これで話はまとまったか……と顔を上げたところで衝撃の光景が視界に入った。

どっ、どうしてここに逃がしたはずのカルミネ盗賊団の二人がいるんだ！

「実は先ほど、迷宮でカルミネ盗賊団の団員を二人ほど捕まえました。この二人を尋問すれば、今度こそ彼らのアジトを聞き出すことができますよ！」

Fランク冒険者のこいつにまた捕まったって……!?

俺が呆然としていると、団員二人が急に苦しそうな声を上げる。

悠斗はなにやら語り始めているが、驚きのあまり話の内容が頭に入ってこない。

頑張って考えをまとめようとしていると、悠斗がこんなことを言ってきた。

「バンデットさん、今ここで彼らの尋問をしましょう！　俺に任せてもらえませんか？」

「えっ、それは……」

できるわけねーだろ！　団員二人と俺は共犯者なんだよ！　喋られると俺も終わりなんだよ！

しかし、そんな俺の内心が伝わるわけもなく、勝手に話が進んでいく。

「Fランク冒険者の俺では心許ないと思うかもしれませんが、問題ありません。俺にはアンドラ迷宮でこの二人の素性を突き止めた実績がありますから。ここでも必要な情報を吐かせてみせます」

そんな悠斗の勢いに感化されたのか、とうとう受付嬢まで俺を説得しようとしてくる。

「副ギルドマスター、今すぐ尋問に移りましょう。悠斗様はFランクではありますが、以前も大量の盗賊を捕まえた実力者です。きっと力になってくれます！」

いや……そんなことを言われたら尋問せざるをえなくなるだろうが！

なぜか最終的に悠斗一人で尋問するという話まで勝手に進み、口を挟んで止めようとしたタイミングでも受付嬢に話を遮られてしまった。

「カルミネ盗賊団の……アジトは……アゾレス王国貴族街の……クロッコ男爵の邸宅……」

悠斗が手を翳して間もなく、二人は自分達の拠点をペラペラ喋り始める。今の一瞬で何が起きた⁉

俺がこの状況を打開するため考えをまとめていると、またもや受付嬢が暴走し始める。

「副ギルドマスター！　貴族が関わっているとなると、私達の手には負えません。すぐにギルドマスターに報告しましょう！」

お、おい！　待ってくれぇ！

俺の心の声は受付嬢に届かなかったらしい。部屋の扉を開け、そのままギルドマスターを呼びに行ってしまった。

ただ謝罪するために呼び出したはずが、なんでこんなことに……

2　アンドラ迷宮攻略

俺、佐藤悠斗が目覚めた時には、時計は七時を表示していた。

宿が備え付けてくれているポーション入りの風呂に浸かり、部屋で食事を済ませゴロゴロしていると、ドアをノックする音が聞こえてくる。

こんな朝早くに誰だろうか？

「はーい。ちょっと待ってくださいね」

部屋のドアを開けた先にいたのは、『私の宿屋』の受付の女性だった。

直接部屋まで来るなんて珍しいな。

「いま、受付に悠斗様に会いたいと冒険者ギルドのギルドマスターが来ているのですが、いかがなさいますか？」

いったい、ギルドマスターが俺になんの用だろうか。

「わかりました。すぐに受付に向かいます」

俺の返事を聞いた受付の女性は、にこやかな笑みを浮かべ去っていく。

「はい、お願いしますね。それでは、私はこれで失礼いたします」

部屋で服を着替えた後、早速受付に向かう。

「君が悠斗君かい？」

声のする方に視線を向けると、髭《ひげ》の似合うダンディなおじ様が立っていた。

この人がギルドマスターなのだろうか？

「はい、佐藤悠斗と申します。あなたは、冒険者ギルドのギルドマスターでしょうか？」

「ああ、俺が冒険者ギルドのギルドマスター、モルトバだ。よろしくな」

モルトバさんはそう答え、俺をロビーにある席に招く。

そして席に着き、周囲に聞かれないよう少し声を潜めながら俺に用件を話してくれた。

「実は君にお願いがあってね。貴族街にいるカルミネ盗賊団の捕縛《ほばく》を手伝ってほしいんだ」

「えーっと、俺はFランク冒険者ですけどいいんですか？　普通、そういう依頼って上のランクの冒険者に出すものじゃ……」

少なくともFランク冒険者に依頼する内容ではない気がする。

「そうなんだが……実は今、冒険者が出払っていてね。ほら、アゾレス王国の騎士が冒険者を片っ端から王城に連れていくというのがあっただろう？　あれのせいで冒険者がギルドに寄り付かなくなってしまったんだ」

あぁ、俺が名もなき迷宮を攻略して迷宮そのものの機能を停止させてしまった時に、その犯人捜しのために騎士の調査が行われてたな。あの時に結構な数の冒険者が連れ去られた記憶はたしかにある。

「俺がその時いた商業ギルドは断っていましたが、冒険者ギルドは断われなかったんですね」

その言葉に、モルトバさんはやや苦い顔をしながら補足を入れた。

「ああ、うちの場合はバンデットが、俺がいない間に騎士達を勝手にギルドに通しちまったからな」

カルミネ盗賊団を逃がしたという話を聞いた時も思ったが、あまり優秀じゃないのかもしれないな、バンデットさん。

「君は、以前にも盗賊団を捕まえているし、昨日も二人の団員を捕縛したそうじゃないか。力を貸してくれないか？」

うーん。気が進まない。

昨日のように、相手から襲ってくるのを倒したり、尋問に協力したりするならともかく、わざわざアジトまで行って捕縛するというのは、かなり疲れそうだ。

正直言って、貴族に対するイメージもあまりよくないし……

返答に窮《きゅう》していると、ギルドマスターが視線を鋭くした。

「もちろん、報酬は約束しよう！　なんと金貨五枚だ！　どうだ？　Fランク冒険者の一日の稼ぎとしてはかなり高い方だと思うのだが……」

「金貨五枚ですか……」

安い、報酬があまりに安すぎる。

たしかに元いた世界で一日五万円の稼ぎと考えれば高いのかもしれない。

しかし以前、カルミネ盗賊団を捕まえた時に、白金貨五十枚の報酬が出たことを考えると、あまりに少ない。

アジトに出向いて捕縛する以上、命の危険もないとは言い切れないのに、だ。

俺がFランク冒険者だからといって甘く見過ぎじゃないだろうか。

そう思いつつ尋ねてみる。

「ちなみに、何人の冒険者が今回の依頼に参加するんですか？」

「今集まっているだけで五人だ」

たったの五人!?

「ち、ちなみに、その方々のランクはなんでしょうか？」

「F～Dランクと言ったところだな」

それなりに規模の大きい盗賊団をF～Dランクの冒険者五人で捕まえるなんて、無茶もいいところだ。

まあ、俺の場合は『影魔法』を使えば簡単に捕まえられるけど、あまり人前で使いたくないし。

これは断わったほうがいいだろう……

「すみませんが、僕は不参加とさせてください」

俺がそう言うと、ギルドマスターは驚いた表情で聞き返してきた。

「なにっ？　君はギルドマスターである俺の頼みを断るのか？」

どうやら、俺のこの返事は想定外だったらしい。

「はい。正直なところ割に合わないですし……」

「そうか、それなら仕方がない。断るなら、昨日、君が捕まえたカルミネ盗賊団二人の報酬を渡せなくなるがそれでもいいのか？」

そういえば、盗賊団の二人はそのままギルドに置いてきたんだった。

前回も捕縛報酬が出たけど、今回もあるのか。

昨日は受付嬢もどこかに行ってしまっていたし、正直存在を忘れていた。

「お言葉ですが、この依頼を断ることによって昨日の捕縛報酬が貰えなくなる理由が分かりません」

「ギルドマスターからの依頼を断るというのはそういうことだ。冒険者ギルドからの報酬の有無を決めるのは俺だ。俺が渡さないと言えばそれがルールだ」

なんて傲慢《ごうまん》な回答だろうか。「俺がルールだ」って、理不尽すぎるだろう。

まあいいか。そんな人のために働く気もしないし、報酬に頼らなければいけないほど困窮《こんきゅう》しているわけでもない。

「わかりました。昨日捕まえた二人の報酬はいりません。そのうえで、今回の依頼については改めてお断りさせていただきます」

「……そうか。俺の依頼を断ったのを後悔しないことだ」

そう言うと、ギルドマスターはその場から去っていった。

「悠斗様、断ってしまって大丈夫なのですか？」

モルトバさんと入れ替わるように『私の宿屋』の受付の女性がやってきた。偶然通りかかった時に、俺が断わったところを聞かれていたらしい。

「はい。依頼内容と報酬が釣り合っていませんでしたので、仕方がありません」

「そうですか。ギルドマスターと揉めた冒険者が、ギルドを辞めることになったという噂を聞いたことがあったため心配になってしまいまして……」

「気にかけていただきありがとうございます」

俺の言葉を聞くと、女性は一礼した後受付に戻っていった。

やれやれ、朝から嫌なことがあった。

今日は気分転換に、アンドラ迷宮の攻略を進めることにしよう。昨日の感じからして、マデイラ大迷宮と同じく比較的簡単に攻略できそうだ。

そんなことを考えながら部屋に戻った俺は、準備を整えた後、影の中を通って好きな場所に移動できる『影転移《トランゼッション》』でアンドラ迷宮の近くへやってきた。

入口付近にいる兵士に昨日と同じくギルドカードを提示し、そのまま中へ入る。

そして再び『影転移《トランゼッション》』を使い十一階層まで行くと、すぐに『召喚』スキル用のバインダーを出現させた。

そしてそのまま『天』のカードを取り出し、カマエルさんを召喚する。

このスキルは対象が宿っているカードを取り出すことで、任意の天使や神などを呼び出せるというものだ。

この先どんな敵が出てくるか分からないし、カマエルさんがいれば心強い。

「悠斗様、お久しぶりですね」

「久しぶり！　早速だけど、また迷宮攻略を手伝ってくれない？」

「ええ、それは構いませんが……ここはどこでしょうか？」

「ここは、アンドラ迷宮の十一階層だよ」

「アンドラ迷宮……あぁ、アゾレス王国にある塔型の迷宮ですか……」

「試しに潜ってみた感じだと、難易度はマデイラ大迷宮と同じくらいっぽいよ」

周囲を見回すカマエルさんを促し、俺達はゆっくり歩きながら草原フィールドを進んでいく。

『影探知《サーチ》』してみると、多くの人影が確認できた。どうやら十一階層は相当多くの冒険者が狩りに来ているらしい。

「カマエルさん、ここは冒険者が多いみたい。冒険者を避《さ》けながら進むね」

俺は『影探知《サーチ》』で人の反応がある位置を通らないように進んでいく。

時折モンスターの反応もあるのだが、すぐに他の冒険者が倒していた。

まるでただ草原を散歩しているような気分である。

冒険者を避けながら歩いたので時間はかかったが、モンスターに鉢合《はちあ》わせすることなく二十階層のボス部屋に到着した。

扉を開けてボス部屋の中央まで進んだところで、魔法陣が光り出し、体長三メートルのミノタウルスと十数体のクリムゾンブルが現れる。

「ブモオォオォオ！」

俺は『影縛《バインド》』でミノタウルス達をいつも通り動けなくした後、『影収納《ストレージ》』で次々と処分していく。

「カマエルさん、そっちのミノタウルスに『断罪《ジャッジメント》』使って！」

俺の手が及ばない範囲のモンスターは、カマエルさんに頼んで剣と『断罪《ジャッジメント》』で対処してもらった。

以前マデイラ大迷宮を探索した際、素材ごと『断罪』で消滅させてしまった事があったので、俺が指示したとき以外は控えるようにしてもらっている。

カマエルさんが倒してくれた数体のモンスターを『影収納《ストレージ》』に収めながら、俺は声をかける。

「ふう。終わったよ、カマエルさん」

「お疲れ様です。それにしても悠斗様の『影魔法』は万能ですね」

カマエルさんは腕を組むと、感心したように『影魔法』をそう評価する。

「そうでもないよ。『影魔法』はそこまで万能じゃないし、一緒に転移してきた不良の一人の愛堕《あだ》夢《む》が持つユニークスキル『光魔法』とは相性が悪いと思う」

「それでも悠斗様なら何とかできそうな気はしますが……おや、魔法陣が光り出しましたね。先に進みましょう」

カマエルさんの言葉に従って、俺達は白く光る魔法陣に乗り、二十一階層に進んでいく。

次のフィールドは森のようだ。

早速『影探知《サーチ》』を使ってみると、至るところにモンスターが棲息《せいそく》していることが確認できた。

俺は、遭遇したモンスターを影に沈めながらカマエルさんに問いかける。

「カマエルさん、もし知っていたら教えてほしいんだけど……」

「はい。なんでしょうか？」

「そもそも迷宮ってなんなのかな？　このアンドラ迷宮を見ていると、迷宮ごとにコンセプトがあるのかなって感じがして、少し気になってさ」

最初のボスがオークで、先ほどのボスはミノタウロスだった。この世界では、元の世界の豚肉や牛肉と同じように食べられているものだ。

それらを踏まえると、この迷宮は食料確保のために造られたように感じる。

そんな俺の疑問に、カマエルさんは答えてくれた。

「そうですね。迷宮が迷宮核《コア》から生み出されることは悠斗様もご存知かと思いますが、正確には魔力溜まりと呼ばれるスポットに迷宮核《コア》がある時に発生します。大抵の場合、長い年月を経て魔石が迷宮核《コア》となったものが偶然魔力溜まりにあった時に迷宮が生まれるのですが……人間が自ら迷宮核《コア》を設置することで能動的に作成することができます。おそらくここは後者の形で発生したと思われます。私の予想では、アゾレス王国の建国者が作成したものでしょう」

「迷宮って人為的に作成できるんだ……」

「悠斗様が気付かれたように何らかのコンセプトがあると感じた場合は、大抵人為的に作られています。迷宮核《コア》を置いた人がどういう内容にするか決めますので」

カマエルさんと話しながら三十階層に向かっている間も、ビッグベアーやロックバードなどのモンスターがひっきりなしに襲いかかってくる。

もちろん、向かってくるモンスターはすべて影の中に沈めているが、どのモンスターの肉も『私の宿屋』のメニューや屋台にあった気がする。

この迷宮は畜産をコンセプトにしたという予想に、より信憑性が増した。

「そういえば、このアゾレス王国にはもう一つ、『ボスニア迷宮』っていうアンデッドモンスターの巣窟《そうくつ》のような迷宮があるみたいなんだけど、その迷宮も誰かが作ったものなのかな？」

「そちらは直接見たことがないので何とも言えませんね……それにもし人為的だとするなら、なんの理由でアンデッドモンスターの出現する迷宮を作ったのか不思議ですし……」

たしかに、カマエルさんの言う通りだ。ますますあの迷宮の正体が気になってしまった。

「さて、もう三十階層に着いたみたいですよ」

カマエルさんと話しているうちに、いつの間にか三つ目のボス部屋の前にいた。

ここのボスモンスターは『コカトリス』。

ニワトリの頭部に竜の翼、蛇の尾に黄色い羽毛を持つモンスターで、その吐息《といき》に触れた者を石に変えてしまうといわれている、かなり希少な存在らしい。

冒険者ギルドから聞いた情報によれば、どの冒険者もこいつに苦戦して、攻略が止まっているとのことだ。現にアゾレス王国の冒険者ギルドでは、このコカトリスに手足を石化させられギルドを引退した高ランク冒険者が数多くいるそうだ。

しかしその一方で、肉や血液には、石化を解く効果がある。

コカトリスの吐息により石化した冒険者を助けるため、討伐に挑み、挑んだ者が石化する負のスパイラルまで起こっているという。

俺もコカトリスの吐息に触れ、石化しないように気を付けよう。

「それじゃあ、行こうか」

中に入ると、ボス部屋の中央にある魔法陣から、体長三メートルを超える五体のコカトリスと十数体のロックバードが現れる。

あれがコカトリスか……予想以上に大きいな。ロックバード達を相手にしながら戦うのは、たしかに難しそうだ。

「カマエルさん、ロックバードの相手は任せてもいいかな？」

「かしこまりました。悠斗様はコカトリスの素材を獲得することに専念してくださいませ」

そうしてカマエルさんは、すべてのロックバードを引き付けるよう群れに突っ込む。

五体のコカトリスは残った俺を視界に捉えると、口から煙のようなものを吐き出しながら突進してきた。

おそらく、あの煙に石化効果があるのだろう。

つまり、煙に触れなければ問題ないというわけだ。

まずは物理攻撃や魔法攻撃を無効化する『影纏《ウェア》』を使い、煙をいなす。

全方位からの煙を防ぐと、隙のできたコカトリスに向かってすぐさま『影縛《バインド》』を発動した。

あとはいつも通りに動けなくなったところを『影収納《ストレージ》』に沈めていく。

「ふう。無事捕獲できたよ、カマエルさん」

俺の言葉に反応し、ロックバードの群れを倒し終えたカマエルさんがこちらへ向かってきた。

「こちらも片付けましたよ。それにしてもコカトリスでさえもあっさり片付けるとは、本当に無敵といってもいいのでは!?」

カマエルさんは目を丸くしていた。

「そんなことないよ、ロックバードをカマエルさんが抑えてくれたおかげだしね。全部一斉に来られたら危なかったよ……あっ、魔法陣が光り出したよ！　次の階層へ向かおう！」

「そうですね。それでは、次の階層に参りましょう」

そう言って俺達は三十一階層へ続く魔法陣へ足を運んだ。

ここから先は未知の階層だ。気を引き締めなければ……

魔法陣の上に乗ると、景色が変わる。

どうやら三十一階層から四十階層までのフィールドは放牧地のようだ。

どこを見てものんびりした雰囲気で、馬型モンスターや羊型モンスターがのんびりと草を食《は》んでいた。

「なんだか、もの凄くのどかな光景だね……」

「ええ、そうですね……とはいえ念のため、悠斗様の『影探知《サーチ》』で辺りの様子を窺《うかが》いながら次の階層に向かいましょう」

「うん。もちろん」

カマエルさんにそう言われ『影探知《サーチ》』を発動するが、隠れているモンスターは確認できなかった。

「おや、珍しい。あれはユニコーンにバイコーンではありませんか？」

すると、カマエルさんは前方を見ながら声を上げた。

たしかユニコーンは一角の馬型モンスターで、バイコーンは二本角の馬型モンスターだったはずだ。

見てみると、白馬のユニコーンと黒馬のバイコーンが揃って警戒心なく、水辺で水を飲んだり牧草を食べたりしていた。

人が来たことのない階層のためか、モンスター達に警戒心がまったくない。

そう考えていると、カマエルさんが説明を続ける。

「ユニコーンとバイコーンはこの世界でも珍しいモンスターですからね。生きたまま捕獲しても買い手がつくかもしれません。素材にしても、角はもちろん、どれもかなりの高値が付くのではないでしょうか？　せっかくなので捕獲していきましょう」

カマエルさんの言葉に従い、俺は早速、ユニコーンとバイコーンの方に影を伸ばす。

素材だけが欲しい時は、真空状態の『影収納《ストレージ》』に放り込めばよかったが、生け捕りがいいとなれば、その手は使えない。

酸素ありで作った『影収納《ストレージ》』にユニコーンとバイコーンを沈めた。

周辺のユニコーン達をあらかた捕まえ終えた俺は、カマエルさんと話しながら四十階層に向かう。

「それにしても、この階層のモンスター、全然、襲いかかってこないね？」

「ええ、ここまで見たどのモンスターも警戒心が皆無ですね。こんなのどかなところだとは思いませんでした」

捕まえる時にほぼ真横を通っても、まったく反応しないのである。

無抵抗に影に沈んでいくユニコーンとバイコーンの姿に少し心が痛んだが、いつ素材が手に入るか分からない以上、ここでできる限り捕まえておきたい。

そう思いながら四十階層に到着すると、魔法陣から体長二メートルを超えるゴールドシープと十数体のシルバーシープが現れた。文字通り、金色の羊のモンスターと銀色の羊のモンスターだ。

「おお、これまた珍しい。ゴールドシープとシルバーシープですか」

「毛がとても綺麗だね」

このゴールドシープとシルバーシープからは、金や銀の羊毛を採取することができる。

しかも、ボスモンスターにもかかわらず、とても大人しい性格らしい。

召喚されてすぐ、ボス部屋の隅にある水辺へと水を飲みに行ってしまった。

新しいパターンだな。

しかし、大人しくともこの階層のボスモンスターである。倒さなければ次の階層に向かうための魔法陣が起動しない。

俺は、『影収納《ストレージ》』にゴールドシープとシルバーシープを沈めていく。

「「「メッ！　メェェェェ！」」」

ゴールドシープとシルバーシープの悲痛な叫びが耳に入り、なんだか悪いことをしているような気分になってきた。

結局一度も攻撃されることなく捕獲を終えると、四十一階層へと続く魔法陣が輝き出す。

横を見ると、カマエルさんも落ち込んだ表情をしていた。

戦わずにただ叫び声を上げる羊達の姿を見て、辛くなってしまったようだ。

俺は、カマエルさんの背中を押しながら魔法陣に足を乗せると、次の階層に移動したのだった。


「うわぁ～、これまた穏やかそうな光景が広がっているね！」

目の前にあるのは、大きな湖に橋が一本架《か》かっているだけの光景だった。

もしここが迷宮でなければ、のんびり釣りでもしたい気分だ。釣れるのはモンスターなのだろうけど……

「それでは、参りましょうか」

「うん」

そう言うと俺はカマエルさんの後ろについて、橋の上を渡っていく。

途中、水面を見てみると、様々な大きさの魚影が目に入った。

橋の中心部を渡る頃には、鮫《さめ》のように背鰭《せびれ》を水面から出しながら回遊する魚もちらほら見え始めた。

しかし、不思議なことに一向に襲ってこない。

ここは本当に迷宮なのだろうか。

何がいるのだろうかと思い、試しに一階層で倒したウルフを『影収納《ストレージ》』から取り出し、湖に投げ込んでみた。

すると、ウルフを放った場所を中心に、黒い影が無数に集まり始める。

「カマエルさん、なんだかこれヤバくない？」

「そ、そうですね。少しここを離れましょう。というより、悠斗様。なんでウルフを湖に放ったんですか！」

「き、気になっちゃったから仕方がないじゃん」

危険を察知した俺達が、ウルフを放った場所から数十メートル距離をとると、湖からバシャバシャという音が聞こえてくる。

時間が経つにつれて、その音がだんだんと大きくなっていったかと思えば、水面から無数の魚系モンスターが顔を出し、口を大きく開けウルフに噛みつき始めていた。

急に湧いた魚の群れに俺達が驚いているうちに、湖面の一部に真っ赤な血が広がり、静かになった。

「「…………」」

う、うん。橋から落ちない限りは襲いかかってくることはなさそうだ。

「悠斗様。思い付きで行動するのは止めてください」

俺が納得している横で、カマエルさんはいきなり魚が集まったことにかなり焦ったようだ。

珍しく険しい顔をしていた。

「わっ、わかったよ。カマエルさん、次から気を付けるね」

いつもと違うカマエルさんの様子に少し反省した俺は、頭を下げた。

湖のモンスターの脅威がある程度分かったところで、そのまま橋を進む。

それから歩くことしばし……

「さっきのカマエルさんの話だと、ここは魚を確保するための層だったってことなのかな……あっ、ボス部屋が見えてきたよ」

「終わってみれば湖にかけられた橋を渡るだけの階層でしたね」

俺達がボス部屋に入ると、五十階層の魔法陣から、体長二十メートルを超える翼の生えた巨大魚が出現した。

すかさずカマエルさんが説明してくれる。

「あれはおそらく『世界魚バハムート』というモンスターですね」

「あれがバハムートなんだ！　ゲームじゃドラゴンの姿で出てくることが多かったから、少し意外だったよ」

俺が素直な感想を述べていると、バハムートが咆哮を上げ、こちらに向かってくる。

予想以上にスピードが速いこともあり、『影縛《バインド》』も狙いが定まらない。

カマエルさんも空中からバハムートの動きを止めようと攻撃しているが、弾かれていた。

そうこうしているうちに、接近してきたバハムートがブレスを放とうと準備する。

「くっ！」

回避しようとするも、バハムートの方が一手早い。

迫りくるブレスを前にして死を覚悟していると、同時に俺の胸元の精霊のペンダントが光り出した。

今までは振動していただけだったのに、これは……？

俺が疑問に思うと同時に、突然風が舞い上がり、バハムートの吐いたブレスが弾かれる。

気付いた時には、俺の周りに竜巻のバリアのようなものができていた。

「い、今のは一体……」

『バハムートを相手に油断するのはよくない……』

声のする方を見ると、そこには羽の生えた水色の精霊がいた。

この声、ペンダントの精霊なのか？

それにしても、今のは危なかった。精霊さんが助けてくれなかったら、バハムートのブレスを受け大怪我を負っているところだ。場合によっては、死んでいたかもしれない。

「悠斗様、ご無事ですか！」

カマエルさんもこっちの状況が気になったのか、上空から声をかけてくれる。

「うん、こっちは大丈夫！　カマエルさんは上手くそいつの注意を引き付けておいて！」

ブレスを吐き切ったバハムートは、水の弾丸をあちこちに向けて放っていた。

無数の弾丸による追撃だが、こちらに飛んでくる分は、精霊さんのバリアのおかげで弾かれていく。

『バハムートの攻撃は私が防ぐ……悠斗達は攻撃に集中して……』

「うん、わかった！　カマエルさん、もう少し耐えててね！」

俺は防御を精霊さんに任せると、『影刃《ブレード》』や『影槍《ランス》』を発動させる。

こちらに隙を見せた一瞬を狙い、バハムートに向けて一斉にそれらを発射した。

ひと通り攻撃を打ち込み終わった後、全身がズタズタになったバハムートが橋の上に倒れ伏す音が響き渡った。

俺は息を整えながらカマエルさんに向かって問いかける。

「お、終わった……みたいだね。カマエルさんケガはない？」

「ええ、もちろんです。これほどの巨体で素早さも兼ね備えているとは……なかなかの強敵でした」

「俺も少し、迷宮やボスモンスターを甘く見ていたよ。ごめんね」

そしてそのまま精霊さんに向き直る。

「精霊さんもありがとね」

お礼を言うと、精霊さんは無表情でこう答えた。

『悠斗が無事ならそれでいい……少し力を使い過ぎたから、私はしばらくの間、ペンダントの中で休む。それじゃあ……』

最後に俺の目の前でクルっと一回転した後、精霊さんはペンダントの中へと戻っていく。

クールな精霊さんである。

それにしても実体化できるなんて驚いた。

「それじゃあ、行こうか」

そう言うと俺達は魔法陣に乗り、次の階層へと向かうことにしたのだった。


「ここが五十一階層……」

目の前には広大な沼地が広がっていた。

「ええ、この手の階層には、厄介なモンスターが数多く存在することが多いです。気を付けて進みましょう」

「うん」

足に泥がまとわりつき非常に歩きにくい。

しかも、出現するものも蛭《ひる》型の吸血モンスターや、寄生型のモンスターが多い。実に気持ちが悪いエリアだ。

「ゆ、悠斗様っ！　これ、なんとかなりませんか……」

カマエルさんもかなりこのステージを嫌がっているようで、怯えた声を出している。

「う、うん。ちょっとやってみる」

俺は『土属性魔法』で沼地を固め、道を作る。

そして再び歩きはじめるのだが、足場を作ってからは、吸血モンスターや寄生タイプのモンスターは寄ってこなくなった。

多少沼地から高い位置に作ったので、這い上がることができないのかもしれない。

「ありがとうございます、助かりました」

「いいよ、気にしないで。名もなき迷宮の昆虫達より気持ち悪いもんね、早く行こう！」

そんなこんなで、六十階層のボス部屋まで辿り着いた俺達は勢いよく扉を開く。

いよいよラスボスだと思い中央を見ると、魔法陣が禍々《まがまが》しく光り出し、中から体長二十メートルを超える巨大な獣が現れた。

俺達を見つけるなり『グオォォォ！』と咆哮を上げる獣の突進を躱《かわ》し、すかさず鑑定する。

「『ベヒモス』か……こいつも見た目の割に俊敏だな」

五十階層で死にかけた俺はあの時の反省を生かし、油断なく『影縛《バインド》』を発動させる。

身動きが取れなくなったベヒモスの首や手足を即座に『影刃《ブレード》』で切り飛ばし、『影槍《ランス》』で心臓を貫いておいた。完全に動けなくなったのを確認し、『影収納《ストレージ》』に収納する。

カマエルさんはといえば、一瞬の出来事に口をポカンと開けている。

かつてないほど最短のボス戦だったために、呆気にとられているみたいだ。

カマエルさんの意識がこちらに戻ってくるのを待つより先に、中央の魔法陣が再び輝き出す。

「カマエルさん、魔法陣のとこ行くよ」

そう言って俺が魔法陣に乗ると、すぐ後からついてきてくれた。

それにしても、ここは全部で六十階層とギルドで得た情報にはあったはず……ということは、おそらく迷宮核《コア》がある隠し階層へ通じているのだろう。

魔法陣によって飛ばされた先は、八畳位のこぢんまりした部屋。

部屋の奥に宝箱と、光り輝く水晶のような球体が置いてあるのを見て、マデイラ大迷宮の最終階層を思い出す。

この球体は、きっとここの迷宮核《コア》だ。

まず宝箱に『鑑定』をかけ、トラップが無いことを念入りに確かめた後、開けてみる。

中から出てきたのは、指輪とブレスレットだった。

それらを『鑑定』してみると、このように表示された。

状態異常無効の指輪

効果：すべての状態異常を無効化する指輪。
既に状態異常にあるものでも、指輪をつけることで無効化できる。

付与のブレスレット

効果：装着者の使える魔法や魔力を生物やモノに付与することができる。

「どちらも凄い効果のアイテムですね。そういえば、以前迷宮で手に入れた宝箱はどうされたのですか？」

「えっ、そんなのあったっけ？」

「ええ、あの名もなき迷宮で手に入れた時の宝箱です」

収納指輪を確認すれば、たしかに宝箱がある。

すっかり開けるのを忘れていた。

「本当だ……開けてみるね」

宝箱を収納指輪から取り出して中を見ると、十個の水晶がはめられた小さなロザリオが収められていた。

『鑑定』してみると、このように表示された。

身代わりのロザリオ
効果：即死、部位欠損、呪いなど、十個ある水晶の数だけ、身代わりになってくれる。

なんとこのロザリオ、大きな負傷の類《たぐい》を十回も防いでくれるようだ。

「悠斗様、このロザリオは必ず肌身離さず持っておくようにしてください」

「うん」

俺は手に入れた『状態異常無効の指輪』と『身代わりのロザリオ』を身に着ける。そして、台座の迷宮核《コア》に視線を向けた。

「カマエルさん、この迷宮核《コア》、持ち帰るとまずいかな？」

「私はどちらでもいいと思いますよ？」

するとカマエルさんの言葉に続いて、精霊のペンダントが震え出した。

『悠斗……迷宮核《コア》持って帰るべき……』

ペンダントの精霊さんは、迷宮核《コア》を持っていくことを推奨《すいしょう》しているようだ。

よくよく話を聞いてみると、一度迷宮を出たらそう簡単に回収できないし、迷宮を自分で作るにせよ、アイテムとして売るにせよ、持っているに越したことはない、ということらしい。

俺はその言葉に従い、迷宮核《コア》を収納指輪に収めると、カマエルさんとともに『影転移《トランゼッション》』で迷宮の外に出た。

帰ろうとしたところで、迷宮の掲示板は攻略者がいた場合、何も表示されなくなることを思い出す。

このままここを去ったら、すぐに騒ぎになっちゃうな。何とかして掲示板の表示を誤魔化すことはできないだろうか。

そう考えて、カマエルさんに声をかけた。

「悠斗様。そういう時は、ロキの出番ですよ」

言われてはたと気付く。

俺の髪の色を変えて捜索の攪乱《かくらん》を手伝ってくれた、こういう工作に最適そうな仲間がいたんだった。

カマエルさんの助言に従い、『天』のカードを出すと、目の前に中性的な子供の見た目をした神様が現れた。

「悠斗様、急に呼び出してどうしたの……ってここ、アンドラ迷宮の近く?」

辺りを見回しながらそう言うロキさんに、俺は召喚した経緯を説明する。

「そうなんだ。実はアンドラ迷宮を今さっき踏破したばかりなんだけどね。攻略すると、迷宮の掲示板に何も表示されなくなることを思い出して……これだとすぐにバレちゃうから何とかならないかなって思ってたところなんだ」

「なるほどね〜。つまり掲示板が機能していればいいってことだよね。とりあえずその傍《そば》まで連れていってもらっていい?」

俺は頷き、ロキさん、カマエルさんと一緒に『影転移《トランゼッション》』で詰所まで移動する。

兵士達が出払っていることを俺とカマエルさんで確認すると、ロキさんは物体を変化させるスキル『変身者《トランスフォーム》』を唱えた。

すぐに、掲示板には『踏破階数/現在階層数:四十階層/六十階層』という表示がされる。

「これなら迷宮内を兵士が確認しない限りは、誰も気付かないと思うよ〜」

「ロキさん、凄いよ! ありがとう!」

俺がお礼を言うとすぐに、ロキさんは「じゃあ、ボク忙しいから!」という言葉とともに、『天』のカードへと戻っていった。

「悠斗様、兵士達がいつ戻ってくるかわかりませんし、私達も早くここを出ましょう」

「それもそうだね」

無事掲示板のすり替えに成功した俺は、カマエルさんと一緒に『影転移《トランゼッション》』で『私の宿屋』へと向かうのだった。

3　ギルドマスターの嫌がらせ

「それにしても、今回の迷宮攻略は刺激的でしたね。五十階層でバハムートを相手にした時はもう駄目かと思いました！」

「本当にそうだね。精霊さんが助けてくれなかったら危ないところだったよ」

『影転移《トランゼッション》』で『私の宿屋』に戻った俺は、カマエルさんと攻略時の話で盛り上がった。

そしてその裏で、俺は密かにカマエルさんへのサプライズを考えていた。

カマエルさんには、マデイラ大迷宮、名もなき迷宮、アンドラ迷宮と、三つの迷宮を踏破する際に色々とサポートしてもらっている。この機会に何かお礼したいと思ったのだ。

ひと通り話し終えたところで、カマエルさんが窓の外を見て声を上げる。

「おや、もうこんな時間ですか。それでは、そろそろ私もお暇《いとま》させていただきます」

「あ、カマエルさん、ちょっと待って」

俺は『天』のカードに戻ろうとするカマエルさんを引き止め、席に着かせた。

そして収納指輪から自分で作った料理を取り出し、次々とテーブルに並べる。

ホテルの人に注文すると、カマエルさんのことを見られちゃうからね。それは極力避けたい。

「一体どうしたのです？　先ほどからテーブルの上一杯に料理を並べて……」

俺は答えずに困惑するカマエルさんを一瞥《いちべつ》した後、さらに以前屋台で購入したパンや串焼きやサラダ、そして飲み物も置いた。

俺が全て並べ終えたところで、カマエルさんは料理の匂いをかぐように前のめりになる。

「カマエルさんにはいつもお世話になっているからね。迷宮攻略記念ってことで、食事を振る舞おうかと思ってさ」

準備が終わったところで、カマエルさんにいつものお礼を伝える。

「改めて、カマエルさん。いつも迷宮攻略を手伝ってくれてありがとう。ぜひ料理を食べていってよ」

「ええ、ありがたくいただきます」

カマエルさんはフォークを料理に突き刺し、どんどん口に運んでいく。

「気に入ってもらえたようだね。『私の宿屋』は、お風呂も凄いんだ。今準備するから、料理を食べ終わったらぜひ入っていってよ」

それだけ伝えて俺は浴室に移動し、浴槽のお湯に『聖属性魔法』を発動する。

風呂のお湯が上級ポーションに変わっていった。

風呂の準備を整えた俺が戻ると、テーブルに並べてあった料理を綺麗に食べ終え、椅子の背にもたれかかっているカマエルさんの姿があった。

俺が戻ってきたことに気付いたカマエルさんが口を開く。

「ああ、悠斗様。悠斗様の用意してくださった料理。大変美味《おい》しゅうございました」

「それはよかった。お風呂の用意もできたから、いつでも入って」

「風呂ですか……そういえば、ここ数年入った記憶がありませんね。私達には『浄化』がありますから、入浴するのは久しぶりです」

「じゃあ、なおのこと入ってほしいな。お湯は上級ポーションだから、疲れが吹っ飛ぶと思うよ」

「それは楽しみです」

カマエルさんを風呂場に送り出した俺は、テーブルの上を片付けた後、呼び鈴を鳴らし、コンシェルジュにエールを注文する。

そしてまもなく、コンシェルジュがエールの入ったジョッキを持ってきてくれたので、入り口で受け取った。

ほぼ同時のタイミングで、満足そうな表情をしたカマエルさんが浴室から出てくる。

「とてもいい湯加減でした。おや、悠斗様が手に持っているものは？」

部屋に戻った俺は、そう尋ねてくるカマエルさんにジョッキを差し出す。

「これはエールだよ。さあ、飲んでみて」

「え、ええ、ありがとうございます」

風呂から出た後のビールは最高だと、以前父さんが言っていた。この世界で手に入るビール――

エールビールを用意したけど、カマエルさんは喜んでくれるだろうか？

カマエルさんは俺からエールを受け取ると、ゴクゴクッと喉を鳴らしながら一気に飲み干した。

「かぁ～っ！」

カマエルさんは満足そうな声を上げ、俺に視線を向けてくる。

「悠斗様、ここは天国かなにかでしょうか？　こんなに美味しいエールを飲んだのは初めてです」

すっかり上機嫌だ。どうやら相当満足したらしい。

「それにしても、あの風呂のお湯は凄いですね。上級ポーションと聞いていましたが、まさかそれ以上のものとは……」

「どういうこと？」

風呂のお湯にかけた聖属性魔法は、多分上級ポーションレベルのはずなんだけど……

「あの風呂のお湯は間違いなく、ポーションより効能が優れた上級万能薬です。いや、もの凄い贅《ぜい》沢《たく》をした気分ですね。天界にいた時でさえ、あれほどまでに万能薬を使用したお湯に浸かったことはありません」

万能薬といえば、体力回復だけじゃなく、状態異常も治してくれるような最強アイテムだ。

自分の中ではポーション風呂だと認識していただけに驚いた。

「えっ、そうなの？　なんにせよ満足してくれたみたいでよかったよ。次に迷宮を攻略する時にもまた呼ぶから、力になってね」

「ええ、もちろんですとも。本日は興味深い体験ができて嬉しかったです。それではまた……」

その言葉とともに、カマエルさんは『天』のカードに戻っていった。

「ふふっ、喜んでもらえてよかった。さて、俺も今日はゆっくりしようかな」

あんなにテンションの高いカマエルさんを見たのは初めてかもしれない。

俺はカードをバインダーにしまうと、風呂で疲れを癒し、ベッドで軽く睡眠をとるのだった。


「う、う～ん……あれ、いま何時？」

目を覚ました俺は、午後三時をまわっていることに気付き、慌てふためく。

マスカットさんの経営する『私の商会』にモンスター素材を卸《おろ》しに行く予定があったのだが、その約束の時刻を大幅に過ぎていたのだ。

「や、やばい！　すぐに準備しなくっちゃ！」

マスカットさんもきっと待ちわびていることだろう。

俺は着替えを手早く済ませると、『私の商会』に急いだ。

「お、お待たせしました！　マ、マスカットさん！　遅れてすみません！」

俺が『私の商会』の建物の中に入ると、マスカットさんがジロリと視線を向けてきた。

「悠斗君、随分遅かったではないか……」

マスカットさんは、今までに見たことのない恐ろしい表情をしていた。

目が少し血走っていて、めちゃめちゃ怖い……

「ちょっと立て込んでおりまして、ここに来るのが少し遅れてしまいました。すみません！」

「今後は時間には気を付けてくれよ……じゃあ早速倉庫へ向かうとしよう」

「はい……申し訳ないです」

しっかり謝った後、そのままマスカットさんについていき、倉庫へ向かう。

「さあ、ここにモンスターの素材を出してくれ」

言われた通り、回収した素材を次々と出していった。

倉庫の広さを考えると、俺が所持しているものも、ここでかなり引き取ってもらえそうだ。

ほとんどの場所だとあまり多くは出せないから、こういう時こそなるべく在庫を減らしたい。

ふと気になったことがあったのでマスカットさんに尋ねる。

「……そういえば、この前珍しいモンスターを捕獲したんですが、そちらについても引き取っていただけませんか？」

「ん？　捕獲？　素材ではなく生きたままということかい」

俺の言葉を聞き、マスカットさんは不思議そうな顔をした。

「そうです。どこかにモンスターを入れる檻《おり》はありますか？」

「ああ、少し待ってくれないか。いま用意する」

そう言ってマスカットさんが手を叩くと、従業員と思《おぼ》しき人達が十を超える檻を運んできた。

「これで足りるか？」

「はい。これだけあれば、問題ありません」

俺は酸素がある方の『影収納《ストレージ》』を展開すると、生け捕りしたレアモンスター達を次々に出した。

従業員さんと協力し、檻の中に入れていく。

「おお、これはすごい！　ユニコーンにバイコーン……こっちはゴールドシープやシルバーシープじゃないか。いったいこんな稀少なモンスター達をどこで……」

マスカットさんは檻に入れたモンスター達を見て、感嘆の声を上げていた。

しかし俺はその問いには答えずに、アンドラ迷宮で入手したものを黙々と取り出していく。

あらかた倉庫に出し終えると、空いたスペースにマデイラ大迷宮で倒したモンスター達の素材も追加で出した。以前冒険者ギルドで買い取ってもらえなかった分だ。

「おお、今度はドラゴンか!?　なんだ、この首の数は！」

目を丸くしているマスカットさんに、出したモンスター達の説明をする。

「こっちのでかいドラゴンみたいなのが『ニーズヘッグ』で、首だけのが『ヒュドラ』というモンスターです」

俺の言葉を聞きながら、マスカットさんは顎に手を当てた。

そしてニーズヘッグの身体に手を添えると、「うーむ」と唸る。

「……どれもこれも状態がよい。素材も傷がほとんどついていないし、かなり高額になるだろう」

それから俺は、マスカットさんに連れられ、彼の部屋へ移動する。

マスカットさんはソファにどっかりと腰を下ろし、話し始めた。

「さて、君が持ち込んだモンスターと素材の数々……素晴らしかった！　生きているモンスターだけでも概算で白金貨一万枚になるだろう。見たこともないモンスターもいるようだし、全部合わせると白金貨三万五千枚を超えるかもしれん！」

白金貨一枚あたり十万円……ということは、総額で三十五億⁉

「そっ、そんなに貰えるんですか⁉」

「ああ、こんな綺麗な状態のモンスターは初めてだ。ニーズヘッグなどは見たことないし、どんな値がつくかもわからん！」

正直、白金貨三万五千枚と言われても、金額が大きすぎて実感が湧かないが、とてつもない大金ということだけはわかった。

「換金はいつくらいになりそうですか？」

「そうだな……明後日の朝まで待ってほしい。ちょうど、明日オークションが開かれる。至急、出品の申請をしてみよう。これだけの物だ。断られることはあるまい」

明後日になるとはいえ、こんな莫大な金額をすぐに用意できるだなんて、流石『私のグループ』の資金力だ。

「それでは、また明後日、こちらに伺いますね」

「ああ、楽しみに待っていてくれ」

マスカットさんと別れの言葉を交わした俺は、今度は冒険者ギルドに足を運ぶことにした。

「さて、冒険者ギルドにも、迷宮で手に入れた素材を売りに行きますか……」

『影収納《ストレージ》』と収納指輪の中にある沢山のモンスターは、冒険者ギルドにも売ろうと考えていた。

俺がアンドラ迷宮の核を持っていることで、迷宮は機能を停止しているし、モンスターの素材入手は今後難しくなっていくはずだ。

このタイミングで素材を渡せば、依頼達成の数を増やせて、ギルドでの自分の株を上げておけると思ったのだ。

冒険者ギルドの中に入ると、受付には多くの冒険者が並んでいた。

ギルドに併設されている酒場では、冒険者達が楽しそうに酒を呷《あお》っている。

見る限り、アンドラ迷宮の迷宮核《コア》が抜かれたことが騒ぎになっている様子もなく、気付いている人もいなさそうだ。

ロキさんの掲示板偽装が功を奏したようだ。

俺は、依頼ボードから常設依頼書を剥がし、受付の列に並ぶ。

待つこと十数分、ようやく俺の番が回ってきた。

カウンターの前に立つと、受付嬢が笑みを浮かべる。

「ようこそ、冒険者ギルドへ。こちらの席にお座りください」

「あ、はい」

俺は受付嬢の言う通り椅子に腰かけた後、ギルドカードと常設依頼書を提出した。

俺のカードを見た途端、受付嬢の表情が曇り始める。そして、そのままギルドカードと常設依頼書を返却してきて、口を開いた。

「悠斗様、大変申し上げづらいのですが……現在当ギルドでは、Fランク以下の冒険者は依頼を受けることができません」

「えっ？　なんで急に……」

俺がそう質問すると、彼女は平謝りする。

「はい。大変申し訳ございません。実は本日の昼に、Ｆランク以下の冒険者の依頼の受付をしばらく控えるよう、ギルドマスターより通達がありまして……」

ああっ、あのギルドマスターか。俺が盗賊団捕縛を断った嫌がらせかな？

これは俺以外の冒険者にも迷惑をかけてしまったかもしれない。

「……そうですか。しかし、それでは他のＦランク以下の冒険者が納得しないんじゃないですか？」

「実は……通達の内容は、二週間以上依頼を受けていない冒険者に限るとのことでして……今のところ、その対象となるのは悠斗様ただ一人となります」

「ああ、そうなんですか……」

どうやら俺一人を狙い撃ちした通達のようだ。

まあ、他のＦランク以下の冒険者達に影響がないならよかった。

「わかりました。依頼については諦めます……失礼します」

俺は受付嬢に一礼して冒険者ギルドを後にし、今度は素材買取カウンターに向かう。

そして、カウンターの奥にいる男性に声をかけた。

「すみません。モンスター素材の買取をお願いしたいんですけど」

「ご利用は初めてですか？」

「いえ、以前に利用したことがあります」

「そうですか、それではギルドカードの提示をお願いします」

俺は男性に言われた通りギルドカードを出した。

男性はカードを見ると、苦い表情を浮かべる。

嫌な予感がする……これはもしかしてさっきと同じ流れになるのでは……

そう思っていたら、案の定ギルドカードがこちらに差し出された。

「悠斗様。素材買取カウンターでは現在、ギルドマスターから出された通達により、Fランク以下の冒険者が持ち込んだ素材の買取を停止しております」

「そうですか……」

こっちにも手が回っていたか……

まぁ、買取不可ということなら仕方ない。

収納指輪に入っていれば腐敗することもないし、そもそもこちらとしては、無理に買い取ってもらう必要はないのだ。

「それは残念です。ちなみにモンスターの解体をお願いするのも禁止されているのでしょうか？」

「それでしたら問題ありません。どのモンスターを解体いたしますか？」

「そうですね。とりあえず、解体場に案内してもらえますか？」

そのまま解体用の倉庫へ案内してもらった俺は、何体かのモンスターを積んでいく。

すると、最後に取り出したものを見て、男性は突然驚きの声を上げた。

「もしかして、このモンスターは……コカトリス!?」

「えっ？　あっ、そうですけど……」

男性のリアクションに、俺は一応返答する。

元々このコカトリスは卸す予定だったものだ。石化に効く薬も作れるとのことだったし、冒険者ギルドにあった方がいいかと思ったのだ。

俺が返事をすると、男性は「や、やはり！」と小さく声を上げた。

その後も小声で何やらボソボソ言っている男性に、俺は尋ねる。

「ちなみに、解体はいつくらいに終わりそうですか？」

「あ、ああ、失礼しました。明日の昼には終わっていると思います。お昼過ぎくらいに来ていただければ、そのまま素材をお渡しできますよ……」

なんだか男性はだいぶ沈んだ様子だった。

おそらく貴重なコカトリスの素材を手に入れる機会を逃して、残念がっているのだろう。

俺は少し可哀相に思いながら「わかりました」とだけ返事をし、カウンターを出るのだった。


『私の宿屋』に着いた頃には、ちょうど食事の時間だった。

備え付けのボタンでコンシェルジュを呼び、料理の準備をお願いする。

「本日の料理は、アンドラ迷宮で採れる素材を活かした当店自慢のフルコースとなっております」

「うわあっ、いつもながら美味しそうな料理ですね」

「ありがとうございます。こちらが当店自慢の『蒸し迷宮鳥《ロックバード》と迷宮産野菜のサラダ』に『迷宮鳥《ロックバード》のレバームース』と『ビッグラビットのグリル』になります。こちらの『迷宮魚とミノタウルスのステーキ　迷宮野菜添え』は熱いうちにお召し上がりくださいませ」

「ありがとうございます」

料理を運んでくれたコンシェルジュにお礼を言った後、まずは『蒸し迷宮鳥《ロックバード》と迷宮産野菜のサラダ』に手をつける。

うん。初めて食べる食材だけど、シャキシャキとした野菜の食感と、蒸し迷宮鳥《ロックバード》の相性がよく、食べる手が止まらない。

レバームースもコクがあって美味しいし、『ビッグラビットのグリル』や『迷宮魚とミノタウルスのステーキ　迷宮野菜添え』も絶品だ。

この食材のほとんどがアンドラ迷宮で採れたものだと考えると、俺が攻略したせいで食べられなくなるのは辛いものがある。

……まあ、『私の商会』にモンスター素材は卸したし、当分の間は大丈夫だろう。

お腹いっぱいになった俺は入浴を済ませ、ベッドにダイブした。


「まだ眠いけど、ご飯を食べて少し休んだら素材買取カウンターに向かわなきゃ……」

翌朝、目を覚ました俺は部屋で朝食を摂《と》る。

そして時間に余裕があったので、ポーション風呂に入ってお昼まで部屋で休んでから宿を出た。

素材買取カウンターに着くと、昨日対応してくれた人が見えたので声をかける。

「こんにちは」

「ああ、今しがた、モンスターの解体が終わったところですよ」

そう言われ、案内されるままに倉庫についていく。

「ありがとうございます」

俺は解体料を支払って、素材を受け取り、その場を後にする。

コカトリスは貴重な素材だし、持ち込まれたのを耳にしたギルドマスターが出てくる可能性も考えていたんだけど……思い過ごしだったかな。

「あれ、あの人は？」

しかし外に出てすぐの角を曲がったところでふと振り返ると、ギルドマスターが素材買取カウンターに入っていくのが見えた。

そしてすぐに、建物の中から二人の男の大きな声が聞こえてきた。

まあ、俺には関係ないか……

そう思うと、俺は『私の宿屋』に歩を進めた。

◆◇◆◇◆

私は、アゾレス王国、素材買取カウンターの支店長ヨルダン。

モンスターの解体歴二十五年で、自分で言うのもなんだが大ベテランだ。

昨日、冒険者ギルドのギルドマスター、モルトバより通達があった。

その通達によると、二週間依頼を受けていないFランク以下の冒険者に限り、依頼の受注及び素材の買取を禁止するとのことだ。

Fランク以下の冒険者といえば、二日に一度は依頼を受けねば生活に困る経済状況のやつらじゃないか。ということは、そもそもそんな条件に該当する冒険者なんていないんじゃないか？

ギルドマスターの目的が分からん。

「まったく、ギルドマスターの奴……」

とはいえ、素材買取カウンターも冒険者ギルドの一部だ。いくら気に食わなくてもギルドマスターの方針には従わなければならない。それがどんな馬鹿げた通達であっても……

カウンターに腰掛け、通達に憤《いきどお》っていると、受付に冒険者がやってくる。

ギルドカードを確認したら、通達にあった内容に合致していた。

ということは、この悠斗君を狙ったのだろうか。

ギルドマスターとなにがあったかは知らないが、可哀相に……パッと見は子供じゃないか。

私が心を鬼にしてモンスター素材の買取を断ったところ、解体が可能かどうかを尋ねてきた。

解体くらいなら問題ない、と答えると、解体場へ案内してくれと言ってくる。

ん？　ここに出せないくらいの量があるのか？　とてもそうは見えないが……

倉庫に案内した私は、悠斗君に解体するモンスターを出すよう指示を出す。

すると悠斗君は、とんでもない量のモンスターを素材置場に積んでいくではないか。

あまりの量に、私は唖然としてしまった。

だがそれ以上に、私はとんでもないモンスターを見つけてしまう。

なんと、アンドラ迷宮三十階層のボスモンスター、コカトリスが出てきたのだ。

「こ、これはっ⁉」

こうして目の前にしても信じられない。

今まで誰も踏破できなかったアンドラ迷宮三十階層をこのFランク冒険者が踏破したとでもいうのだろうか。

本人に確認すると、やはり本物だという話だった。

それを聞き、思わず「あの馬鹿《ギルドマスター》、なんでこんな絶好のタイミングでしょうもない通達を……」と漏らしてしまう。

その後、解体の終了予定を伝えると、悠斗君は去っていったのだった。

その日の夜、やってきたギルドマスターに悠斗君とのやり取りを報告すると、「な、なぜあいつがコカトリスを……」と狼狽《ろうばい》し出した。

「悠斗君は明日の昼過ぎに素材を受け取りに来ますよ。彼に用があるならその時間に来てみては？」

ひとまずそれだけ伝えると、俺は退勤した。

それにしても、悠斗君をあいつ呼ばわりするなんて、彼となにかあったのだろうか？

翌日、依頼のあったモンスターの解体作業に勤《いそ》しんでいると、ちょうど解体が終わったタイミングで悠斗君が現れる。

悠斗君が昼過ぎに現れると言っておいたのに、ギルドマスターがやってくる気配はなかった。

もしこの少年と何かあったのなら、ギルドマスター自ら解決に動くべきだろうに……

とはいえ、来ないものは仕方がない。

私は悠斗君から解体料を受け取ると、解体したモンスター素材を渡すことにした。

「これは凄いですね。ありがとうございます」

悠斗君は素材をしまうと、すぐに去ってしまった。

すれ違うようにギルドマスターがやってきたが、悠斗君がもう帰ったことを告げると、怒鳴り声を上げる。

「ヨルダン、どうしてあいつをそのまま帰したんだ！」

しかし私は、「あなた自らが対処すべきことだ！」と思わず一喝してしまった。

こっちは散々ギルドマスターの勝手さに振り回された身だ。これくらいはいいだろう。

4　アゾレス王国からの脱出

俺、佐藤悠斗が『私の宿屋』に戻ると、なにやら受付が騒がしい。

今度は一体何があったのだろう。

受付嬢は俺と目が合うと、駆け足でこちらに向かってくる。

「悠斗様。大変、申し訳ないのですが、少々、お時間をいただいてもよろしいでしょうか」

「はい。別に構いませんが……」

女性に連れられて応接室の一つに通されると、支配人の男性が頭を下げてくる。

「悠斗様。ご足労いただきありがとうございます。まずはおかけください」

「ありがとうございます」

ソファーに腰掛けると、支配人の男性が申し訳なさそうに話を切り出す。

「申し遅れました。私は当旅館の支配人ルイスと申します。早速ではございますが、少々困ったことがございまして……」

「困ったことですか？」

「はい。実は先ほどアゾレス王国の騎士団の方がこちらにいらっしゃいました。お話を伺うと、どうやら悠斗様をお探しのようなのです」

どうやら、アゾレス王国の騎士団に俺の居場所を突き止められてしまったらしい。

平穏な日が続いていたから、すっかり気にしなくなっていたが、俺は以前、名もなき迷宮に入る前に、アゾレスの兵士と出くわしている。

その後、名もなき迷宮は攻略されたので、その件の重要参考人として俺を探しているのだろう。

「ちょうど、悠斗様が外出されてましたので、いない旨をお伝えしたのですが、明日の昼頃また来るとおっしゃられまして……大変申し訳ないのですが、明日のお昼はこちらに待機していただけると……」

「そうですか……」

流石に『私の宿屋』に迷惑をかけるわけにはいかない。

明日の朝に『私の商会』でお金を受け取ればこの国に用はない。

明日の朝の呼び出しの結果次第でここから離れても問題ないよう、今のうちに準備を進めておこう。

「わかりました。ただ、明日の朝は『私の商会』に用事がありますので、その時間帯だけは外出させてください。ああ、昼前には戻りますのでご安心ください」

そう言うと、支配人のルイスさんはホッとした表情を浮かべる。

「承知いたしました。それでは、明日の正午、スタッフが迎えに上がりますので、それまでに戻っていただけますよう、よろしくお願いいたします」

支配人のルイスさんとの話が終わった後、俺は『私の商会』へ向かうことにした。

目的は物資の調達だ。

「あっ、マスカットさん！」

『私の商会』に着くと、店先でマスカットさんと遭遇した。

オークションの会場に向かうところだろうか。

「おお、悠斗君か。そんな慌てて一体どうした？」

「急に伺ってすみません。実は、『私の宿屋』にアゾレス王国の騎士達が俺のことを探しにやってきたようでして、明日の昼また俺に会いに来ると……」

マスカットさんは、指先で顎鬚《あごひげ》を擦《さす》りながらじっと考える。

「そうか……」

「もしかしたらそのまま王城に連れていかれる可能性もあって……場合によっては、マスカットさんにも迷惑がかかるかもしれません」

「それで、何かあったらアゾレス王国から離れられるように、物資を整えに来たというわけかな？」

流石はマスカットさん、話が早い。

「はい。ついでにアゾレス王国から近い国の情報を教えてもらえると助かるのですが……」

「そうだな。私としては商人連合国アキンドに来てほしいが、この近くとなるとフェロー王国か、オーランド王国がよかろう」

「フェロー王国にオーランド王国ですか」

「ああ、フェロー王国はアゾレス王国の北門から馬車で三日程度のところにある国だ。そして、オーランド王国は東門から馬車で五日程度。どちらにも『私の宿屋』を出店しているから、特別会員カードを見せれば一番いい部屋に泊まれるぞ」

「なるほど」

マスカットさんは口元をニヤリと歪めた後、従業員になにやら命じていた。

「地図と旅の物資はこちらで準備しておこう。明日の朝、白金貨と一緒に渡すことにする。方位磁《ほういじ》石《しゃく》は持っているな？」

「はい。なにからなにまでありがとうございます」

いままでお世話になったお礼として頭を下げようとすると、マスカットさんはそれを止めてくる。

「悠斗君。君が頭を下げる必要はない。私こそ君のおかげで助かったのだ。本当なら、アゾレス王国に来るまでの道中、私は死んでいたかもしれないのだからな」

そう言うと、なにが面白いのか、マスカットさんは笑い出した。

「それに大量に稼がせてもらったしな！　これからも期待しているぞ」

「はい！　他国に行ったとしても、真っ先に『私のグループ』にポーションやモンスターの素材を卸させていただきます」

「ほう、それは願ってもない話だ。では、私はこれからオークションに行かなければならないので、ここで失礼させてもらおう。しばらく生活がどうなるかも分からないことだし、悠斗君も今日は『私の宿屋』でゆっくりと休むがいい」

マスカットさんはそれだけ言って、『私の商会』から出ていった。

それを見届け、俺も『私の宿屋』に戻る。

部屋に戻った俺は、備え付けのボタンでコンシェルジュを呼び、食事の支度をしてもらった。

待っている間、風呂にじっくり浸かりながら、のんびりする。

つい最近マデイラ王国からやってきたけれど、アゾレスの兵士にも目を付けられた以上、この国もそろそろ出なくてはいけないかもしれないな。

名もなき迷宮の件で話を聞かれるとして、向こうはどこまで情報を掴んでいるのだろう。

ただ迷宮の近くを警備していた兵士が俺を見たということだけなのか、それとも俺が迷宮を攻略し、迷宮核《コア》を抜いたところまでバレているのか……

後者なら、明日は全力で誤魔化《ごまか》さないとまずいな。

顔を変えるのは少し忌避感《きひかん》があるけど、万が一国を追われるようなことがあれば、最悪ロキさんの力を借りて身を隠そう。

そこまで考え、風呂から上がると、部屋中いっぱいに美味しそうな匂いが広がっていた。

どうやら食事の準備が終わっているようだ。

テーブルに載せられたお品書きに目をやる。

「うわぁ～、今日の料理も凄いな。『迷宮魚のオレンジスライス添え』に『アゾレス王国風サフランリゾット』か。『骨付き厚切りシープのから揚げ』も初めて食べるし、『迷宮豆のシチュー』も美味しそうだ」

そのまま食べ進めること数分。

完食した俺は、備え付けのボタンを押して、コンシェルジュを呼び出す。

そして料理を多めに作ってもらえないか聞いてみた。

せっかくなら、外でもこの料理を楽しみたいと思ったのだ。

幸運なことに『私の宿屋』では、冒険者用にお弁当の販売も行っていた。

とりあえず、四種類のお弁当を五食ずつ注文し、その日はすぐに眠りにつくのだった。


「う、う～ん。もう朝？」

眩しい日差しに照らされ目を開けたら、すっかり日が昇っていた。

身体を起こした俺は、朝食を食べ『私の商会』に向かう。

到着して早々、マスカットさんが入り口で満面の笑みで待っていた。

そのままマスカットさんの後ろについていき、部屋に入る。

様子を見る限り、どうやら相当良いことがあったようだ。オークションに出品したモンスターが高値で売れたのかな？

「悠斗君、まずはそこにかけてくれ」

促されるまま僕がソファーに座ると、マスカットさんがニヤリと笑う。

「悠斗君。君にはまずこれを受け取ってほしい」

マスカットさんが手を叩くと同時にドアが開き、アタッシュケースのようなものと大量の荷物が運び込まれてきた。それらを机に置いて、従業員は部屋を出る。

「以前受け取ったモンスターの代金。それと……これが地図と物資だな」

アタッシュケースの中には、白金貨が所狭しと並んでいた。

「オークションでニーズヘッグとヒュドラが恐ろしく高値で売れてな。そのケースには白金貨五万枚が収められている。受け取ってくれ」

素材を渡した時に聞いた代金より遥《はる》かに増えている。

おずおずとアタッシュケースに近付き、白金貨と地図、物資を確認する。

物資を収納指輪に入れ始めたところで、マスカットさんが話しかけてきた。

「そういえば、どの国に行くかもう決めたのか？」

「はい。まずはフェロー王国に行きたいと思います」

「フェロー王国か。水に恵まれた素敵な国だ……昨日も言ったが、向こうでも『私のグループ』を贔屓《ひいき》にしてくれると嬉しい」

「もちろんです」

その後も軽く話していたのだが、あっという間に時間は経ち、気付けば正午近くになっていた。

「おっと、まだまだ話したいことはあるが、そろそろ悠斗君は戻らなければまずいな」

「ほ、本当だ！　それでは、マスカットさん。色々お世話になりました」

マスカットさんにお礼を言ってしっかり頭を下げた後、俺は『私の宿屋』に戻った。

受付でお弁当を受け取り、部屋に戻るとすぐにドアがノックされる。

「悠斗様、アゾレス王国の騎士団が到着されました」

ほぼ時間きっかりだ。

「はーい。今向かいますね！」

扉越しに返事をし、忘れ物がないか部屋の中を確認する。

そして扉を開ける前に『影分身《アバター》』で分身を作り、俺自身は分身体の影へ潜った。

影の中にいれば、自分の身を守ることもできるし、相手の出方を窺《うかが》える。

「お待たせしました。それでは参りましょう」

俺は『影分身《アバター》』の影に身を隠しながら部屋から出て、騎士団の待つ受付へと向かう。

到着すると、騎士団と思《おぼ》しき男性がこちらへ近付いてきた。

「アゾレス王国第四騎士団の団長キリバスだ。君が佐藤悠斗で間違いないな？」

「はい、そうですが……」

俺の返事と同時に、数人の騎士が周囲に集まってくる。

そして、キリバスと名乗る男が口を開いた。

「申し訳ないが、王城までご足労願おう。宰相《さいしょう》がお呼びだ」

やはりここで事情聴取というわけでなかったか。

入れ替わっておいて正解だった。

ここでごねても、宿の人に迷惑があるし、素直に従おう。

俺は四方を騎士で固められた状態で、『私の宿屋』から外に出る。

外に停まっていた馬車に向かうと、まず俺の前にいた騎士が乗り込んだ。

俺が後に続いて乗り込み、最後にキリバスが話しながら隣に座る。

「君を挟むように座るので、窮屈《きゅうくつ》だと思うかもしれないが我慢してほしい」

おそらくこの配置は逃走を防止するためだろう。

車内はギチギチで身動き一つとれないほどだった。

キリバスが御者に合図を出し、馬車が走り始める。

無言のままで馬車に揺られていたら、出発してから数十分ほどで、目的の王城の城門を抜けた。

「さあ、到着したぞ」

キリバスの言葉で馬車を降り、城の入り口に立つ。

中に入ろうとしたタイミングで、騎士の一人に制止され、何やら水晶のようなものが目の前に出された。

「お手数ですが、外部の方が城に入る時は、こちらに手を翳していただく決まりになっておりまして……」

罠の可能性を考え、瞬時に鑑定したが、入城した人を記録する媒体《ばいたい》としか表示されなかった。

やっぱり防犯システムのようなものかな、結構異世界の城もしっかりしているものだ。

そう感心しながら、手をのせる。

その後キリバスに案内されるまま荘厳な城内をしばらく歩いていると、とある大きめな部屋の前で立ち止まった。

「この部屋で宰相がお待ちだ」

キリバスがノックし、扉を開ける。

中に入るやいなや、『虫の知らせ』が震え出した。

『悠斗……扉の近くにいる二人の兵士以外にこの部屋に三人潜んでる……それと真ん中の椅子……危険……落とし穴ある……牢屋《ろうや》まで直行……』

三人の刺客にくわえ、牢屋直行の落とし穴か。

おかしい。話を聞きたいと呼び出されたはずだが、捕らえるつもりだろうか。

俺が入り口付近で立ち止まったのを不思議に思ったのか、宰相が声をかけてきた。

「君が悠斗君か。私はアゾレス王国の宰相ギニアだ。急に王城に呼んですまなかったな。まずはそこに座ってゆっくりしてほしい」

その宰相が勧めた椅子こそ落とし穴が付いているものなのだが、変に怪しまれると困るのでひとまず着席する。

「はい。それでは失礼します」

そして分身体が椅子に座ると、ギニア宰相は話を切り出した。

俺自身は分身体の影から、いったん護衛の一人の影に移る。

「まずは、ここまでご足労いただきありがとう。君には少し尋ねたいことがあってな。数問ほど私の質問に答えてほしい」

「わかりました」

ここからの受け答えは慎重にいかなければ。

「まず初めに、君がアゾレス王国の南にある森に入ったと聞いているのだが、その目的はなんだったのだろうか？」

宰相と面と向かっての尋問は予想以上にハラハラする。

もしこれが『影分身《アバター》』ではなく生身だったとしたら、緊張で手に汗をかいていたかもしれない。

俺の意思を分身体に伝え、落ち着いたトーンで代弁してもらう。

「冒険者ギルドで見つけた薬草採取という依頼を達成するためです。ギルド職員から、南門を出て歩いたところにある森にポーションの原料となる癒草と毒消草があると聞いたので、森に入りました」

「なるほど。やはり間違いないようだな……それで、森の奥でなにか見たか？」

向こうが掴んでいる情報が、『森で採取依頼をしていた冒険者＝俺』というところまでだとするなら、迷宮をそもそも見ていないという嘘を突き通せないだろうか。

「いえ、特に変わったものは見てないと思うのですが……」

「そうか……ちなみにそこにいるキリバスが、迷宮の近くの掲示板の前に君らしき人物が立っていたのを見たそうなんだが……本当に変わったものは見てないか？」

しまった、掲示板の近くにいたのはここの騎士達だったのか。

少し怪しまれてしまったな。

「まぁ見たかどうかはこの際些細《ささい》な問題だ。実はその迷宮——名もなき迷宮は、アゾレス王国とマデイラ王国が権利を巡り争っている場所なのだ。我々はその迷宮に君が入ったという報告を受けているのだが……」

これは引っかけだ。

少なくとも周囲に監視がいる段階では、迷宮に入らず掲示板を確認して帰っただけだからな。

その後名もなき迷宮を踏破した時には、周りに誰もいなかったのを確認している。

「偶然うろついていた時に近くに立ち寄った可能性はあるかもしれませんが、断じて中には入っておりません。しばらくしてから薬草採取の依頼達成報告をするため、冒険者ギルドに戻っていますし」

その答えにギニア宰相は頷くと、俺の髪に視線を向けた。

「そういえば話は変わるが、その場所にいたのは『黒髪の子供の冒険者』という報告だったな。なぜ髪の色が変わっているのか教えてくれないか？」

「そ、それは……」

「ふむ。それは？」

痛いところを突かれた。たしかに森にいた時と髪色が変わっていたら、怪しまれてもおかしくない。

前のやり取りで、森にいた冒険者が俺ということは認めてしまっているし、適当な理由をでっちあげるしかない。

「実はポーションを『私の商会』に卸しているのですが、配合中に誤って薬品を頭からかぶってしまいまして……どうやら、その薬品には脱色作用があったらしく、髪の色が変わってしまったのです」

ポーションを『私の商会』に卸しているのは本当のことだ。しかし、薬品を頭から被って髪の色が変わってしまったというのは説明として苦しいだろうか。

「そうだったか……それは難儀《なんぎ》であったな。あぁ、そうだ。君の活躍は、冒険者ギルドからも聞いているぞ。何でもカルミネ盗賊団を捕縛したそうじゃないか」

今までとだいぶ毛色の違う質問だな。迷宮の件との関わりも薄そうだし……

追及するのはやめたのか？

とりあえず否定する理由もないので、頷く。

「そうか……それだけの実力があれば迷宮の攻略も困らないだろう」

なるほど、そう来たか。

だが、これまでの話で迷宮を踏破したといった話はなかった以上、上手く俺を引っかけようとしているのは間違いないだろう。

「盗賊団は捕縛できても、迷宮を踏破するには流石にまだ力不足ですよ」

「それもそうか……あぁ、迷宮で思い出したが、アンドラ迷宮の方の兵士から、君が二回ほど入ったという報告を受けているぞ。その時の成果はどうだったのかな？」

ここの迷宮はギルドカードを提示して入る必要があるからな、記録が残っていてもおかしくない。

まぁ、コカトリスの解体をギルドに頼んでいるので、そこまでは伝えてもいいだろう。

「最終的には三十階層のボス攻略までなんとか……」

その俺の言葉にギニア宰相が勢いよく椅子から立ち上がった。

「なにっ！　あのコカトリスを討伐したのか!?　それでその素材はどうした？」

予想以上に食いつきがいいな。

このまま名もなき迷宮の話からこっちの話題へのスライドをねらってみるか。

「実は、素材を冒険者ギルドに卸しに行ったのですが、ギルドマスターの通達により、買い取ってもらえませんでした。今は解体だけしてもらって、この収納指輪に保存してあります」

「なに!?　ギルドマスターがなぜそんな通達を……どういうことだ？」

宰相も初耳だというリアクションをして聞いてくる。

「よくわからないのですが……先日より、二週間活動実績のないFランク以下の冒険者の依頼受注及び買取を制限する通達が出ているようです」

「そんな勝手なことをしていたのか！　たしかにギルドは国から独立した組織だから、こちらからはとやかく言えないのだが……」

すっかり話題はコカトリス関連のことに移っている。

この調子で名もなき迷宮の件を忘れてくれると嬉しいんだけど……

一瞬言い淀んでいた様子の宰相が、再び口を開く。

「詳しい話についてはギルドマスターに聞くとしよう。それで、そのコカトリスの素材を売ってもらうことはできるだろうか？」

どのみち売る機会を逃したから別にいいけど……いや、これは宰相の機嫌を取るチャンスかもしれない。

「はい、問題ありません。むしろこの国には大変お世話になっているので、売るのではなく献上《けんじょう》させていただきます」

俺の答えに、宰相は満足げな笑みを浮かべた。

「そうか、それは助かる。キリバス、悠斗君から丁重にコカトリスの素材を受け取るように……」

「かしこまりました」

騎士団長はそう言うと、大きな袋を持ってこちらへやってきた。

「こちらに素材を入れてください」

あっ、今渡すのか。この部屋を出てから渡すことになったら、落とし穴にはまらずラッキーと思っていたのに……

まあ、落とすことを前提に考えているとすれば、先に素材を回収したいということなのだろう。

だが献上すると言った手前、ここで渡さないわけにもいかない。

椅子から立ち上がり収納指輪からコカトリスの素材を取り出すと、言われるがままに騎士団長の持つ袋に入れていく。

一通り入れたのを確認すると、宰相は再度俺に椅子に座るよう促してきた。

「色々と話が脱線してしまってすまなかったな。これが最後の質問だ。一人で名もなき迷宮を踏破することは難しいが、一人で三十階層のボスを攻略するのもまた難しいことだとは思わないか？」

最終的に疑いを晴らすことも、機嫌をとって有耶無耶《うやむや》にすることもできず、元の話題に戻ってきてしまった。

コカトリスの素材献上も無駄だったたか。

「お言葉ですが、そうは思いません。アンドラ迷宮は、二十九階層までは多くの冒険者で溢れており、そこまでの道のりでは私はモンスターと戦闘しませんでした。ほとんど体力を温存したままの状態で、コカトリスと対峙することができれば、私でなくても倒せるはずです」

そこで騎士の一人が慌てた様子で部屋に入り、一枚の紙を宰相に手渡しにきた。

宰相はそれを一瞥した後、ニヤッと笑って俺に視線を向ける。

「そうか、運に恵まれたと……君はそう言いたいのだな？」

「はい」

「そうか……わかった、質問は以上だ」

その言葉とともに、話の終わりを告げるように宰相は机を叩いた。

完全に信じてもらえた様子ではないが、とりあえずここは解放されたか。

そう俺が安心しきっていたら、いつの間にか分身体の姿が消えていた。

先ほど椅子があったところを見るとパカッと開いており、落とし穴を起動したことがわかる。

あれ、この場は見逃してもらえたはずでは？

俺が騎士の影の中で唖然としている中、宰相とキリバスが二人で話している声が聞こえた。

もしかしたら俺を落とした理由についてかもしれない。

そう思った俺は、会話が聞きやすいように瞬時にギニア宰相の影に移動する。

「ギニア宰相、落とし穴は流石に可哀相なのでは？」

「私も最初はそう思ったが、これを見て考えが変わった」

その言葉とともに、宰相は先ほど騎士から渡されていた紙をキリバスに見せる。

影の中から覗いてみると、そこには俺のステータスが書かれていた。

【名前】佐藤悠斗
【レベル】62　　　**【年齢】15歳**

【性別】男　　【種族】人族
【ステータス】STR：850　DEX：4200　ATK：850
AGI：2849　VIT：2850　RES：2850
DEF：4850　LUK：100（MAX）　MAG：7200
INT：6200

「これはいったい……」

　俺のステータスを見たキリバスが絶句している。

「見ての通り、悠斗君の現在のステータスだ。入城時に外部のものが触るよう決められている水晶があるだろう。あの道具に登録された彼のステータスを書きおこしたものだ。残念ながらスキルなどの情報までは出てこないが……」

　入り口で翳したアレか！　まさかそんな方法で情報を手に入れるとは……

「この能力値なら、運に恵まれるとか関係なくコカトリスくらいは倒せるだろう。迷宮攻略だって楽勝かもしれない。そこで私は思ったのだ。あえて実力の高さを隠して我々を欺《あざむ》こうとしているのではないかとね」

「では、やはり彼が名もなき迷宮を踏破した本人だとお考えなのですか？」

　キリバスの問いに、宰相は頷いた。

「その可能性は高いだろう。参考までに君のステータスも出しておいた。比較してみるといい」

キリバスは自分のステータスと俺のステータスを見比べ、額に汗をにじませた。

せっかくなので、俺も見てみる。

【名前】キリバス
【レベル】50　　　　　　　【年齢】45歳
【性別】男　　　　　　　　【種族】人族
【ステータス】STR：700　DEX：600　ATK：700
　　　　　　　AGI：800　VIT：500　RES：500
　　　　　　　DEF：500　LUK：20　MAG：500
　　　　　　　INT：500
【スキル】剣術Lv5　盾術Lv5　生活魔法Lv5　水属性魔法Lv5

「年端もいかぬ子供が、この国の騎士として三十年鍛錬を積んできた私より遥かに高いステータスを持っているとは……信じられません」

「私もこのステータスを初めて見た時には驚いたものだ。それに、もう一つ気になるのは、マデイラが我が国との戦争に備えて転移者を三人呼び出したという調査部からの情報だ。聞きなれない名前やステータスからして、もしかしたらその転移者の一人かもしれないぞ」

その情報も掴んでいたのか。アゾレスの調査部恐るべしだな。

するると、その話を聞いたキリバスが少し怯えた声を出した。

「だとすれば、このような方法で捕らえるのはまずいのではないでしょうか……その力が国に向けばひとたまりもないでしょう」

「むしろマデイラが攻めてくる時までに彼をこちらの手駒にすることができれば、返り討ちにできるかもしれんぞ。転移者という戦力を得た上、マデイラ王国の迷宮がただの洞窟となり名もなき迷宮も踏破されてしまった以上、奴らは必ず我が国のアンドラ迷宮を狙いに来るだろう。その時に強力な兵隊がいれば心強いと思わないか？　二、三日牢に閉じ込めておけば、こっちの条件をきくかもしれんしな」

……なるほど、そういうことか。

急に落とされた理由が気になっていたが、宰相達は俺を迷宮踏破の犯人として捕まえたのではなくて、戦力にしようとしていたのか。

さて、事情も全部わかったし、後は牢屋の分身体をどうにかしなければ……

あれを放置したまま移動すると、分身体の中の魔力が尽きると同時に、消滅してしまう。

牢屋の中の者がいなくなれば、すぐにバレてしまうし、このまま分身体を放置して出るのは難しいな。

そう考えながら、牢屋内の『影分身』の影に入り、入れ替わった。

「ひとまず、分身体は無くなったけど、ここからどうやって脱出するべきかな？」

『影探知』で周囲を探るが、幸い牢屋の外に見張りはおらず、階段を上がった先で数名立っているだけだった。

単に脱出するだけなら『影転移』を繰り返して、外に出ることもできそうだが、それだとまたすぐに追手が来そうだ。

さて何か偽装工作をしておければいいんだけど、何を使えばいいか……

そこまで考えたところで、ロキさんの顔が頭に浮かんだ。

俺は「『召喚』」と呟くと、手元に現れたバインダーからロキさんのカードを探していく。

そのカードを手に取ると、ロキさんがすぐに現れた。

前にも偽装工作を手伝ってもらったことがあるし、こういう場面で一番頼りになると思ったのだ。

ロキさんは俺の顔を見るなり、微笑む。

「あれ～？　悠斗様、アンドラ迷宮の時以来だね。元気にしてた～？」

「久しぶりだね、ロキさん！　ちょっとお願いがあるんだけど……」

「あぁ、もしかして……この牢屋に閉じ込められて困ってるとかかな？　それで助けてほしくてボクを呼んだ、みたいな」

状況の把握が早くてとても助かった。

「そんなところかな。それで脱出だけなら俺一人でも何とかなりそうなんだけど、そしたらまたすぐに騎士達が俺を捜索するのに来るかもしれないだろ？　だから何か時間稼ぎをしたくて」

「なるほど、そんなことか。それならボクに任せて♪」

ロキさんは、悪そうな笑みを浮かべた後、アイデアを話し始めた。

「そうだね〜、それなら悠斗様……いっぺん死んでみる？」

ロキさんが考えるアイデアの第一声に、俺は耳を疑う。

「ええっ！　今なんて……？」

「死んでみる？　って。大丈夫、大丈夫！　悠斗様自身が死ぬわけじゃないから！　もし牢屋内に悠斗様の死体があれば、それ以上捜索されることもなくなるかなって思ってさ」

「なるほど、ちょっとその方法でお願いしてもいいかな」

「はいはーい♪　じゃあ適当にモンスターの死体を一体出してもらっていいかな」

言われた通りにすると、ロキさんはそのモンスターに『変身者《トランスフォーム》』をかけ、俺へと見た目を変化させていく。

なるほど、ロキさんの能力で死体を仕立て上げるってことだったのか。

目の前には外見は完全に俺と瓜二《うりふた》つの死体が出来上がる。

身に着けている装飾品などもそのままだ。

流石は狡知神《こうちしん》、考えることが突拍子《とっぴょうし》もない。

「さて、後は牢屋から出るだけだね。この死体はボクと悠斗様以外には悠斗様の死体として見えているし、ボクが能力を解くまでずっとそのままだから安心していいよ」

ふと、気になることがあったので聞いてみる。

「ちなみにこの収納指輪とかは、機能や中身も俺が持っているものと同じなのかな」

「機能は同じだけど、中身までまるまる同じ状況にはできないかな。とりあえず死体の方の指輪には適当に弱いモンスターの素材を数体入れておくことにしよう」

俺はその言葉に安心し、お礼を言う。

「じゃあより本物っぽく見せられそうだね。ありがとう！」

俺はそのまま『影転移《トランゼッション》』を発動すると、ロキさんとともに城の外に出た。

影から出ようとするなり、ロキさんが俺を呼び止めた。

「そういえば、悠斗様。これで無事に王城を脱出することができたわけだけど、ここから先はどうする気なの？」

「とりあえず、フェロー王国に向かおうかなって思ってるよ」

「また新たな国に移動するわけだね！」

「うん、それでもう一つお願いなんだけど髪色を元に戻してもらってもいいかな？」

「オッケー！　まぁ、国を出るなら変装も必要なくなるもんね」

そのまま僕の頭に手を翳し、ロキさんは髪色を戻してくれた。

「ありがとう！　色々と助かったよ」

「いえいえ、その分お礼を弾んでくれればいいよ！　フェロー王国に到着して落ち着いたらでいいんだけど、忘れちゃダメだからね！」

ロキさんへのお礼か……とんでもないものを要求されそうで怖いな。

今度、カマエルさんに相談してみよう。

「う、うん。それじゃあ、また呼ぶね」

俺の言葉を聞いたロキさんは、俺に手を振った後『天』のカードに戻っていった。

俺はバインダーをしまってから、『影転移《トランゼッション》』でアゾレス王国の東門に向かう。

門を出て人気《ひとけ》のない場所に着くと、俺はバインダーから『魔法の絨毯』を召喚し飛び乗った。

この絨毯は、前回マデイラからアゾレスに移動する時に使った乗り心地快適な移動手段だ。

「それじゃあ、まだ見ぬ地、フェロー王国へ出発だ！」

そう言うと、俺は地図と方位磁石を手にフェロー王国へ旅立った。

◆◇◆◇◆

悠斗を牢に捕らえた翌日、アゾレス王国の城内は大騒ぎとなっていた。

「ギ、ギニア宰相！　大変です！」

「……今度はなんだ」

「実はアンドラ迷宮が迷宮核《コア》を抜かれ、ただの建物となってしまいました！」

「な、なにっ⁉」

私、ギニアは血相を変え立ち上がると、机に両手を叩き付ける。

「な、なぜそんなことに……！　アンドラ迷宮の迷宮核《コア》が抜かれただとっ！　なぜ今まで気付かなかった！」

「掲示板を見る限りでは、しばらく四十階層攻略の状態で表示されていたため誰もわからなかったのだと……ただ、本日内部を確認しましたところ、十階層から十一階層へと続く魔法陣が起動しませんでした。これは迷宮から迷宮核《コア》が抜かれてしまったとみて間違いないかと」

「ふ、ふざけるなぁぁぁぁ！　そんなことを陛下に報告できるわけがないだろう！　誰だっ！　いや、もしやこれも奴の仕業か」

「奴とは、まさか……⁉」

「昨日捕らえた悠斗のことだ！　奴がここに来る前にアンドラ迷宮を攻略したという可能性は高いぞ！　なんにせよ奴のところへ行って話を引き出すのだ！」

「は、はい！」

何名かの騎士に外での捜索を命じ、キリバスと数名の騎士を連れ、急いで地下牢にいる佐藤悠斗を確認しに行く。

彼は牢屋の中央でじっと横たわったままだった。

キリバスとともに近くに行くが、微塵《みじん》も動くことはない。

不思議に思い彼に触れるが、その身体はとても冷たくなっていた。

「昨日捕まえたばかりだというのに、もしかして死んでいるのか？」

キリバスも俺と同じことを考えているようだ。

念のため服や収納指輪などを探るが、特におかしな点はなかった。

収納指輪の確認をした時も、中にはアンドラ迷宮の序盤に出てきそうなモンスターの素材があり、目の前の死体が佐藤悠斗のものであることをより強く証明している。

本当に死んだとなれば、戦力にすることはおろか迷宮核《コア》のことさえ聞き出せないが……

どうするか考えていると、外での調査を頼んでいた兵士が戻ってきた。

「……ギニア宰相。こんな時で申し訳ないのですが、命令通り、佐藤悠斗の宿泊していた『私の宿屋』の捜索をいたしました。しかし、迷宮核《コア》らしきものどころか、それ以外の荷物も何もありませんでした」

「そうか。にわかに信じがたいが、この死体が本人だとするなら、彼は核を持っていないことになるが……彼以外に迷宮を攻略できる奴がいるのか」

それにこの死体を本物とするなら、どこを捜索しても悠斗はいないことになる。

「どうしたものか……」

アゾレス王国の生産拠点となっていたアンドラ迷宮を失い、冒険者も他国へと移動を始めていることだろう。

なにより迷宮を攻略した疑惑のある佐藤悠斗が死んでしまったことから、アンドラ迷宮と名もなき迷宮のふたつの迷宮核《コア》を取り戻す手段がなくなってしまった。

◆◇◆◇◆

佐藤悠斗の行方が掴めなくなって約一ヶ月が経ち、私、マデイラ王国の宰相であるベーリングは荒れに荒れていた。

彼が王国を脱走してからというもの、マデイラ大迷宮が踏破されただの洞窟になり、あてにしていた名もなき迷宮までもが何者かに踏破されるという異常事態が続いている。

そして私達はこれから、それらに関わりがあるとされる『黒髪で子供の冒険者』について、女騎士団長のラバスとマデイラ王国のギルドマスター、ジョンストンとともに会議を行うところだ。

早速私の前にいるジョンストンが口を開く。

「俺が知る限りでは、二日ほど前に『黒髪で子供の冒険者』はアゾレス王国に捕らえられております」

私は、その言葉を聞いて愕然《がくぜん》とする。

既にアゾレスのやつらに先を越されていたか……こちらも各地に捜索の網を張り巡らせていたというのに。

行き場のない怒りをぶつけるように、私はラバスに言い放つ。

「ラバスよ！　これまで何をやっていた！」

私の声に怯えながら、ラバスは頭を下げた。

「も、申し訳ございません！」

「申し訳ございませんでは済まぬわ！」

私の剣幕に圧され、ラバスは小さくなってしまう。

そのまま私はジョンストンに声をかけた。

「ジョンストン！　それでやはり『黒髪で子供の冒険者』についての情報だが……」

「そうですね。俺が調べたところによると『黒髪で子供の冒険者』が宰相の探している佐藤悠斗である可能性が高いと思われます」

万が一に備え、冒険者ギルドにも協力を仰ぎ、『黒髪で子供の冒険者』を探させていたのだが、嫌な予想が的中してしまったようだ。

「な、なんということだ……」

ギルドマスターであるジョンストンの報告を聞き、私は頭を抱える。

マデイラ大迷宮に囮役として連れていった佐藤悠斗が生きていたというのである。

なにせ、マデイラ王国が転移者を召喚したことは他の国にも知れ渡っている。

その転移者が、国の重要拠点である迷宮を次々と踏破しまくっていると、そんな疑惑が持ち上がっているのだ。これは転移者を呼んだうちの責任問題になりかねん。

聞けば、アゾレス王国のアンドラ迷宮も何者かに踏破されてしまったらしい。

「場合によってはアゾレス王国が攻めてくるぞ……」

元々、マデイラ王国としては名もなき迷宮を巡り、アゾレス王国に宣戦布告をする気でいた。

しかし、その予定も名もなき迷宮が機能を停止したことで、大義名分がなくなってしまったのだ。

しかも傍《はた》から見れば、マデイラ王国が召喚した転移者を使って次々と迷宮を踏破し、他国の中枢《ちゅうすう》を破壊して回っているようにも思われそうだ。

場合によっては、今後多くの国々がうちの責任を追及してくるかもしれない。

そうなる前に早く佐藤悠斗を見つけてやめさせなければなるまい。

「せめて愛堕夢《あだむ》と多威餓《たいが》が部屋に引きこもっていなければ話は違うのだが……」

佐藤悠斗をマデイラ大迷宮に置き去りにしたことにショックを受けた彼らは、その一件以来、部屋に引きこもってしまい、思うようにレベル上げができていないのだ。

せっかく召喚したのにこのままでは意味がない。

「あの佐藤悠斗に迷宮から自力で脱出できるほどの力があることを見抜けなかったとは……私も耄碌《もうろく》したものだな」

このことを報告すれば、陛下もお怒りになるだろう。そう考えると気が重い。

「ラバス、ジョンストン……もう行っていいぞ」

「「はい！　失礼いたします」」

私は、ラバスとジョンストンを退室させるとため息を吐く。

マデイラ大迷宮が踏破された日から、悩みは尽きない。

佐藤悠斗の件だけではない。引きこもっている愛堕夢と多威餓のレベルを上げ、いつアゾレス王国が攻めてきても問題ないよう対処しなくては……と課題は山積みだ。

本当は使いたくない手段だったが、奴らが部屋から出てこないというなら『隷属《れいぞく》の首輪』を付けてでも強制的にレベル上げをしてもらおう。

私は、密かにそう決意するのだった。

5　子供達との出会い

「暇だ……」

アゾレス王国を脱出した後、俺、佐藤悠斗は『魔法の絨毯』に乗ってフェロー王国に向かっている。

このアイテムは、カマエルさん達と同様に『召喚』で呼び出せる、長距離移動に欠かせない優れものだ。

久しぶりの『魔法の絨毯』での空の旅は、相変わらず快適だった。

遠くに野生のワイバーンが飛んでいるが、『魔法の絨毯』にはステルス機能があるため、気付かれることはないだろう。

……そう思っていたのも束の間、そのワイバーンがこちらに迫ってきた。

「な、なんでこっちにっ⁉」

侮りがたしワイバーン……ステルス機能により俺のことを認識できないにもかかわらず、匂いで嗅ぎつけるとは……

「これ、絶対に気付いているよね？」

ワイバーンは、まるで豪華な食事を目の前にした子供のように純粋そうな視線をこちらに向けてきた。

「仕方がない。やられる前にやっておこう」

俺は、すかさずワイバーンを酸素のない『影収納《ストレージ》』に回収した。

ワイバーンの脅威が去ったところで、『魔法の絨毯』から下の景色を覗きながら進んでいく。

しばらくすると、馬車が襲われている様子が視界に入った。

「あれ？　もしかして盗賊かな」

マスカットさんの時も似た感じだったけど、この世界はそんなに盗賊がいるのだろうか。

結構な頻度で遭遇している気がする。

そんなことを考えながら、馬車の真上まで飛んでいく。

襲われているのを見てしまったからには放ってはおけない。

上空から『影転移《トランゼッション》』で馬車の影に移動し、盗賊の様子を窺った後、隙を見て影の中から『影縛《バインド》』を発動した。

突如現れた影の襲撃に盗賊達が混乱している間に、彼らを一斉に縛り上げる。

そして俺は影から出た後、襲われていた馬車に話しかけた。

「すみません。大丈夫ですか？」

動けない盗賊達を後目《しりめ》にそう問いかけると、馬車の中からでっぷりとした腹で顔の怖そうなおじさんが現れた。

こちらが盗賊だと言われても納得してしまいそうな厳《いか》つそうな見た目である。

いやいや、外見だけで判断するのはよくない。大事《だいじ》なのは中身である。

一見マフィアの親分に見えるこのおじさんも、腹の丸いフォルムを見れば愛嬌《あいきょう》があるし。

「こっ、これは助かったのか……？」

「盗賊は俺が拘束したので動けません。もう大丈夫ですよ」

そう言うと、マフィア顔のおじさんは初めて俺のことに気付いたかのように声を上げた。

「まさか、君が助けてくれたのですか？　でもいつからここに……」

「はい。あぁ、警戒しなくて大丈夫ですよ。偶然通りかかったところ、こちらの馬車が襲われているのを見かけまして、駆けつけただけですから。えーっと、盗賊はこちらで処分してしまってよろしいでしょうか？」

「あっ、ああ」

「それでは……」

俺が『影収納《ストレージ》』に盗賊を収納すると、おじさんはポカンと口を開けこちらを見ていた。

「本当に君が我々を……あぁ、私はティップ商会の会頭ハメッドと言います。改めて……助けてくれてありがとう。君の名前は？」

ハメッドさんはマスカットさんと似たような立場の人なのだろうか、商会経営をしているようだ。

「Fランク冒険者の佐藤悠斗です……それでは、俺はもう行くので、道中気を付けてください」

俺がそう名乗り、その場を去ろうとしたところで、ハメッドさんに呼び止められる。

「ちょっと待ってください！　この盗賊達を一掃できる実力でFランク冒険者ですか⁉　なにかの

間違いでは？　い、いや、そんなことより私達はこれからフェロー王国へ行くのですが、行き先が同じなら一緒に来てくれませんか？　もちろん、護衛料も払わせてもらいます」

俺がそう質問すると、ハメッドさんは俺を馬車の荷台まで連れていき、かけられていた布を持ち上げた。

「別に構いませんよ。ハメッドさん以外にどなたか乗っているんですか？」

すると、首輪を嵌めた三人の少年少女がこちらに視線を向ける。

一人は、獣の耳と尻尾を生やした獣人の男の子、あとの二人は濃い茶髪の女の子と金髪の女の子だ。この二人はパッと見た感じでは人間の女の子っぽいな。

「私達のティップ商会では奴隷を扱っておりましてね。君のおかげでこの子達が奪われずにすみました。本当にありがとう。それで改めて聞くのですが、ついてきてもらえますか？」

「うーん。そうですね……」

まさか積荷が奴隷だとは思わなかった。奴隷という言葉にいいイメージがないだけに、少し気後れしてしまう。

そんな俺の微妙な表情を察したのか、ハメッドさんが口を開いた。

「おや、もしや、奴隷商人と聞いて、驚きましたか？　安心してください。私は違法に奴隷を扱っているわけではないですし、決してひどい扱いなどもしておりません。それは、この子達の目を見てくれれば分かってもらえるかと」

荷台に乗せられた子供達に視線を向けると、満面の笑みを返してくれた。

たしかに、この表情を見ると、嫌々乗せられているようには見えないし、無理矢理売られそうになっているわけでもなさそうだ。

悪い人ではないのか？

「もしよければ、話し相手になってやってください。この子達もきっと喜びます」

「そうですね……」

少し考え、俺は仕方なく、ハメッドさんと一緒にフェロー王国に向かうことに決めた。

「それでは、よろしくお願いします」

「それは良かった！　さあ、私の馬車に乗ってください。どうぞこちらに」

ハメッドさんに誘われるまま、馬車に乗り込むと、御者が馬に鞭を入れる。

「それでは、出発します」

御者はそう言って、馬車を走らせた。

フェロー王国に向かう道中、馬車から景色を見ていたところでハメッドさんが話しかけてくる。

「それにしても、悠斗殿。あの盗賊どもはどうなったんですか？　急に地面に引きずりこまれたようでしたが」

『影収納《ストレージ》』のことを知らないハメッドさんからすれば地面に沈めたように見えていてもおかしくない。

「ああ、盗賊は俺の影の中に収納しています」

「影の中に……ですか？」

「はい。実は迷宮でスキルブックを手に入れまして、運良くユニークスキルを授かったんです。そのスキルで盗賊を影に収納しているというわけです」

「スキルブックですか!?　それはなんとも羨《うらや》ましい！」

実際スキルブックで手に入れたのは『召喚』や『属性魔法』の方だけど、転移者であることを隠しつつ、説明するのにちょうどいい理由だから使ってしまった。

「それで、その影の中にはどれだけのモノや人を収納できるのですか？」

「そうですね……この馬車十台分くらいといったところでしょうか？　検証したことがないので、ハッキリとはわかりませんが」

無限に収まるのかもしれないが、それを言うわけにもいかない。かといって、既にハメッドさんの目の前で、盗賊を収納できるほどの容量があることを見せてしまっているから、変に少ない数字を教えるわけにもいかない。

実際には、それ以上の容量を収納できるだろう。

「おおっ！　この馬車十台分ですか!?　どんな商品でも好きなだけ収められそうですね。どうです？　ティップ商会で働きませんか？」

「せっかくのお誘いですが、冒険者稼業を続けていきたいと思っているので」

やんわり断るとハメッドさんは少し残念そうな表情を浮かべた。

「そうですか……それは残念です。気が向いたらぜひ、ティップ商会を訪ねてください。悠斗殿であれば大歓迎です！」

「ありがとうございます。そういえば、フェロー王国って、どんなところなんですか？　実は初めて訪れる場所でして……」

「フェロー王国ですか？　十一の領土からなる自然豊かな国で、様々な種族の人が生活しているいいところですよ」

詳しく聞くと、十一の領土とは、王都ストレイモイ、ヴォーアル領、スヴロイ領、サンドイ領、ネルソイ領、トースハウン領、フクロイ領、スヴイノイ領、クノイ領、ボルウォイ領、エストゥロイ領を指し、それぞれの領地を貴族が治めているそうだ。

「これから向かうのは、アゾレス王国側に位置するフェロー王国の玄関口、スヴロイ領です。私達はスヴロイ領から入国後、王都ストレイモイに向かう予定です」

「なるほど、ありがとうございます」

フェロー王国は相当大きな国のようだ。

今まで滞在していたマデイラ王国やアゾレス王国でさえ、フェロー王国の領の一つ分程度の広さらしい。

「そろそろ日が暮れてきました。野営の準備をしましょう」

ハメッドさんに声をかけられた御者が馬車を止めると、荷台から少年達が出てくる。

少年達はハメッドさんとともに野営の準備を始めた。

「この子達も野営の準備を手伝うんですね？」

「はい。当然のことです。働かざる者食うべからずと言いますから」

俺がしげしげと子供達を見ていることに気付いたハメッドさんが声をかけてくる。

「ああ、もしかして悠斗殿は奴隷を見るのは初めてですか？」

「ええ、まあ……」

カマ・セイヌーさん達を決闘で借金奴隷に落としたことはあるが、この世界の奴隷制度自体についてそれほど詳しくは知らない。元の世界では縁遠い話だったし……

するとハメッドさんが細かく説明してくれた。

「奴隷は、大きく分けて三種類あります。ひとつ目は犯罪奴隷。その名の通り、罪を犯した奴隷のことをいいます。罪状にもよりますが、一部の例外を除き、一生を奴隷として過ごすことになります。ふたつ目は借金奴隷。こちらは、借金の返済ができず奴隷に落ちてしまった人のことをいいます。彼らは借金を返済することで解放されます。そして、最後にあの子達のように、経済上の理由から口減らしにあった孤児を奴隷として保護した『孤児奴隷』と呼ばれる存在です」

「孤児奴隷……ですか？」

聞いたことのない言葉だ。

「はい。まあ簡単にいえば、奴隷という名は付いていますが、一時的に子供達を預かり育て、この子達を迎えたい人々の元に送り出しているだけです。引き取り手が見つからない場合、成人までうちの商会で働いてもらうことを条件に、衣食住の保証をしています。経営の傍らの慈善事業のようなものです」

「そうなんですか……」

孤児院の代わりを商人が行っているということか。

「孤児院自体はないんですか？」

「一応、教会で孤児の引き取りも行っておりますが、教会にも引き取れる定員がありますから。また王国や貴族領の方でも孤児院の運営をしているようですが、こちらも常に定員を超えている状態です」

ふと野営の準備をしている少年達に視線を向けると、首元に光る首輪が目に付いた。

それに気付いたハメッドさんが頷く。

「ああ、あの首輪は子供達を守るためのものですよ。孤児奴隷はまだ幼い子も多い。犯罪や誘拐といった被害に遭いやすいのです。ただ、首輪を付けておけば少なくともそういった事件からは守ることができます。奴隷は奴隷商人やその購入者のモノという扱いでして、他人が奴隷を傷つけたりすると罪に問われますからね」

「なるほど……」

「今でこそ私はティップ商会を運営しておりますが、以前は孤児奴隷でしたからね。孤児を見かけたら助けるようにしているのですよ」

「そうだったんですね」

人は見かけによらないな。話を聞くほど、思っていた以上に立派な人だとわかった。

「ええ。それで、悠斗殿。もしよろしければ、この子達を引き取りませんか？　子供達の中には冒険者を目指している子もいるので、優秀な冒険者で貰い手になってくれる方を探しておりました。

考えていただけるとありがたいのですが」

厳つい顔でニヤリと笑いながら言うものだから、一瞬だけ子供達を売りつけようとするマフィアに見えてしまった。

この人はそういうのじゃないぞとその考えを頭から追い払い、子供達を見る。

俺の視線に気づいたようで、三人とも手を振ってくれた。

「悠斗殿が盗賊を倒したのを見て、あの子達もはしゃいでいるんですよ」

「えっ。そうなんですか？」

「死ぬかもしれないあの状況で、颯爽《さっそう》と現れ、助けてくれたんです。あの子達には悠斗殿がヒーローに見えているのでしょう。私としても、護衛としてずっと雇いたいくらいです。ああ、こちらをどうぞ」

「ありがとうございます」

ハメッドさんからパンとスープを受け取ると、パンを一口かじりながら考える。

「まあ……考えさせてください」

俺としては引き取るのもいいかなと考えていた。

モンスターを買い取ってもらった際に大金を得ているから、孤児を引き取っても生活はできると思うけど……

しかし、十五歳の俺が孤児を養うのはどうなのだろうか。

それに今のところ根なし草の俺が孤児を引き取るというのも気が引ける。

考え込んでいると、ちょいちょいと服を引っ張られた。

「ん？」

隣に視線を向けると、少年達がパンとスープを持ち、いつの間にか側に座っていた。

「お兄さんは、どうやって悪い人達を倒したの？」

「俺もお兄さんみたいな冒険者になれるかな？」

「そのスープ美味しい？　それ私が作ったの！」

「う、うん。美味しいよ。そ、それに冒険者か……多分、なれるんじゃないかな？　俺でも冒険者になれたし」

久しぶりに年の近い人と会話をしたからか、変に緊張してしまう。

こっちの世界に来てから、話し相手はほとんど大人だったからな。

「ははは、盗賊を簡単に倒した悠斗殿も、この子達にはタジタジですな」

「ハ、ハメッドさん……」

「ハッハッハ。せっかくの機会ですし、ゆっくりとお話してあげてください」

「お兄さんの話もっと聞かせてよ！」

「私も聞いてみたい！」

「私もっ！」

「う、うん。わかったよ」

俺は食事しながら、少年達の質問に答えていく。

迷宮を探索した時の話をすると、身を乗り出しながら聞いてくれた。

話に合わせ『属性魔法』や『影魔法』を操り、影絵のように臨場感溢れる演出をしたこともあって、子供達のテンションも段々上がっていく。

最終的に、『火属性魔法』で火球《ファイアーボール》を打ち上げ、空で花火のように音を立てて散らすとハメッドさんや御者さん、子供達から拍手喝采《はくしゅかっさい》が起こった。

「いやはや、悠斗殿は凄いですな。あんなことまでできるとは！　これは演劇や大道芸で稼ぐこともできるんじゃありませんか」

ハメッドさんに続けて、子供達もワイワイと騒ぎ出す。

「本当に凄いよ！」

「私達も魔法を使えるようになりたいね！」

「どうやったら、あんな風に魔法を使えるようになるの!?」

歓喜している子供達を見て、俺は少し照れてしまう。

「いや、それほどでも……」

「そうですか？　私はもう一度、悠斗殿の話を聞いてみたいと思いましたが……」

子供達より先にハメッドさんが残念そうな表情を浮かべていた。

厳つい顔がしょぼんとしている。

「まあ、気が向いたらまたやりますから……」

あまりに残念そうな顔に負けて、ついついそう言うと、ハメッドさんはニコニコする。

「そうですか!?　また悠斗殿の武勇伝を楽しみにしておりますぞ。さぁ、今日はお疲れでしょうから、こちらでゆっくり休んでください」

案内された簡易テントの中は意外と広く、支柱にはハンモックが取り付けてある。

「そういえば、警備はどうすればいいですか？」

「警備は必要ありません。月が出ている間しか使えませんが、モンスターを寄せ付けない音を出す魔道具があります。ですので、今日はゆっくり休んでください」

「そうですか……それでは、遠慮なく」

なぜ月が出ている間しか使えないのかはわからないが、モンスターから身を守る魔道具があるなら安全だ。

すると、孤児奴隷の少年達がテントの中に入ってきた。

「ハメッドさん。俺達もここで休んでいい？」

「もっと、お兄さんと話がしたいの」

「ねえ、ハメッドさん。いいでしょう？」

すっかり子供達に気に入られてしまったみたいだ。

「こらこら、悠斗殿を困らせないでくれ。ここは彼のために用意した場所だからな」

「別に構いませんよ」

ハメッドさんはああ言っていたが、断わる理由も特にないので、俺は了承した。

それに一人でハンモックに揺られて寝るより、みんなで一緒に休んだ方がいい。

「「やったー」」

「悠斗殿、すみませんね……」

「いえいえ、こちらも久しぶりにこんなに話すことができて嬉しかったですから」

話している間に、子供達も支柱にハンモックをくくりつけ始めた。

そしてその日は、夜が更けるまでの間、孤児奴隷の子供達と楽しく話すのだった。

「うーん……」

目を覚ますと辺りはまだ暗かった。どうやら早く起きてしまったらしい。

テントを出て体を動かしている内に、だんだんと朝日が昇り、明るくなり始める。

それにしても昨日は楽しかった。ハメッドさんや御者さん、孤児奴隷の子供達と、こんなにたくさん人と話したのは久しぶりだ。

「せっかく早く起きたし、ご飯の支度でもしようかな？」

そう思い立った俺は、昨日のお礼の気持ちを込めて朝食の準備をすることにした。

といっても、『私の宿屋』で作ってもらったお弁当と、俺が作ったお菓子を並べるだけだ。

俺が料理を並べ始めた頃、子供達が簡易テントの中から起きてくる。

どうやら、朝ごはんの匂いにつられて起きてきたらしい。涎を垂らしながら、こちらに向かってきた。

「おはようございます！　お兄さん、もしかして朝食の準備をしてくれたの？」

「うん。昨日は楽しい時間を過ごすことができたからね。ハメッドさん達が起きてきたら一緒に食べよう」

俺がそう言うと、孤児奴隷の少年達は俺と弁当を交互に見て呟いた。

「「が、我慢する……」」

そう言いながらも、少年達の視線が完全に『私の宿屋』の弁当にロックオンしているのを見て、思わず笑ってしまう。

「それじゃあ、こっちなら食べてもいいから……その代わりお弁当はハメッドさん達が起きてくるまで待とうね」

俺は収納指輪から屋台で購入した焼き鳥モドキを取り出し、孤児奴隷の少年達に一本ずつ手渡していく。

「「ほんとに!? お兄さん、ありがとう！」」

揃ってお礼を言うと、焼き鳥モドキを頬張り、満面の笑みになる子供達。

「「美味しいっ！」」

「本当にね」

こんなやりとりをしているうちに、友達と買い食いしているような、懐かしい気分になる。

そんなことを考えていると、ハメッドさんと御者さんが簡易テントから出てきた。

「おはようございます、悠斗殿。朝早いですな。もしかしてこの匂いは……食事の用意をしてくれたのですか？」

「はい。昨日はとても楽しかったので、そのお礼です」

それに旅をしている最中のご飯は、パンや乾燥肉、スープなどの味気ないご飯が一般的だ。フェロー王国に向かう間だけとはいえ、もっと美味しい物が食べたいし、みんなにも食べてほしい。

「それじゃあ、みんな揃ったことだし、早速朝食を食べましょうか」

「そうですな。それでは、みんな。悠斗殿にお礼を言ってから朝食をいただきましょう」

ハメッドさん達からお礼の言葉を受けた俺は、少し照れながら朝食を食べ進めた。

ハメッドさんが一口お弁当を口に入れると、笑顔を向けてくる。

「悠斗殿、これは美味しすぎますな。これではこの子達の舌が肥えてしまいます」

どうやら『私の宿屋』のお弁当はかなりレベルが高いらしい。

「すみません。昨日のお礼がしたくてつい……」

申し訳なさそうに呟くと、ハメッドさんは何が面白かったのか豪快《ごうかい》に笑い出した。

「いや、すみません。昨日助けられてお礼をしたいのはこちらだというのに、逆にこんな美味しいお弁当を用意してくれる悠斗殿に驚きまして……」

ひとしきり笑った後、ハメッドさんはうって変わって真剣な顔になった。

「悠斗殿……それで、昨日の返答をいただけますか？」

孤児奴隷の少年達も不安そうな顔つきでこちらを見ている。

「どうして俺に？」

そう問いかけると、ハメッドさんは真剣な表情になる。

「私も孤児でしたからね。この子達には幸せになってもらいたい……ただそれだけです。私の見る目が正しければ、悠斗殿、あなたに託すことでこの子達は幸せな日常を取り戻すことができる。そう考えています。それに、昨日の様子を見ると、悠斗殿も満更ではないご様子……お互いにとっていいのでは、と思ったのです」

ハメッドさんはとても真剣に子供達の事を考えているようだった。

「悠斗殿の優しさに甘えるようで申し訳ありませんが、どうかお願いできませんでしょうか？」

俺はお弁当をテーブルに置くと、一呼吸する。

「俺は、根なし草のFランク冒険者ですよ。本当に俺でいいんですか？」

俺からの確認に、ハメッドさんは微笑んだ。

「……実は私、『私のグループ』のマスカットと親交がありまして、少しだけ悠斗殿のことを聞いておりました」

「マスカットさんから？」

「はい。悠斗殿のことを思い出したのは、昨晩寝る間際ではありましたが……悠斗殿は信頼できるパートナーのようなもので、その実力は冒険者ギルドのSランクに相当するのではないかと、マスカットより聞き及んでおります」

まさかそこまでマスカットさんに評価してもらってたなんて知らなかった。

「それに悠斗殿とこの子達が話している時の表情は本当に楽しそうで、まるで本物の兄弟のようでした。そんな悠斗殿であれば預けても問題ないと私は考えています。ですので、お願いします。この子達の未来のためにも、どうかこの子達のことをお願いできませんでしょうか」

そこまで言われてしまってはもう選択肢は決まっているも同然だ。

俺は椅子に座り直すと、ハメッドさんをしっかり見て口を開いた。

「わかりました。このお話、受けさせていただきます。たしかに、この子達との一日はとても楽しいものでした。これまで、一人きりの生活をしてきたので、受け入れることを嬉しく思います。もちろん、この子達次第ですけどね」

俺の返事を聞いたハメッドさんは、ニヤリと口を歪めた。

「ありがとうございます。さて、フェイ、ケイ、レイン。君達の意見はどうかな？」

ハメッドさんが、孤児奴隷の少年達に問いかける。

「お、俺はついていきたいです……」

「私も！　もっとお兄さんの話を聞きたい！」

「同じく……私もついていきたい」

三人が口々に言うのを聞いて、ハメッドさんは顔をほころばせた。

「そうか……それでは決まりですな……悠斗殿。こちらを……」

ハメッドさんはそう言ってから、契約書を俺に差し出してきた。

契約書の内容を見てみると、この子達に不当な暴力を振るわないことを始め、引き取る際の約束事が細々《こまごま》とまとめられている。

俺は契約書にサインをして、ハメッドさんに正本を渡した。

「それでは、ここに契約が成りました。三人のことをよろしくお願いします」

ハメッドさんが深々と頭を下げてくる。

「ハメッドさん、頭を上げてください」

「いえ、この子達を預ける以上、私も誠意を見せなければ……」

「いや、俺自身この子達を迎えることができて嬉しく思っていますから……そんな気にしないでください」

「そうですか……わかりました。改めてこの子達のことをよろしくお願いします」

ハメッドさんは頭を上げ、代わりに右手を差し出してきた。

「はい」

俺はその手を握り、力強く返事する。

正直、ここまで重苦しい空気になるとは思わなかったが、それだけ子供達を大事に思っていたからかもしれない。本当にいい人だ。

子供達は笑みを浮かべているし、ハメッドさんも涙を目に浮かべながら孤児奴隷の少年達を見つめている。

話し合いが上手くまとまってよかった。

「ハメッド様、そろそろ出発いたしましょう」

いつの間にか食事とテントの片付けを終えた御者さんがハメッドさんに向けてそう言った。

「あ、ああ、そうだな。そろそろ、出発しよう。悠斗殿も準備はいいかな？」

「はい。問題ありません」

それから馬車を走らせ、また一夜を子供達とテントでともに過ごした。

そしてその翌朝、ついにフェロー王国の玄関口スヴロイ領が見えてくる。

ハメッドさんは商業ギルドカードを、俺は冒険者ギルドカードを提示し、門の中へと入る。

スヴロイ領に到着したハメッドさんは、俺と孤児奴隷の少年達を馬車から下ろすと、名残惜しそうな表情を浮かべた。

「それでは、ここでお別れだ。悠斗殿、この子達のことをお願いします。ケイ、フェイ、レイン、元気でな……また会おう」

「「「ハメッドさん、これまでありがとう！　また会おうね！」」」

「ああ、次に会える時のことを心待ちにしている」

そう言うハメッドさんは、少しばかり涙ぐんでいるように見えた。

「ハメッドさんもお元気で！」

「ああ、悠斗殿」

そして、俺達は王都に向かうハメッドさんの馬車を見送り『私の宿屋』に向かう。

俺が受付に立つと、女性の方が応対してくれた。

「申し訳ございません。ただいま満室となっておりまして……」

「そ、そうなんですか、それは残念です。マスカットさんからは、ぜひここに泊まってくれと言われてきたんですが……」

そう言って、俺はマスカットさんから貰った特別会員カードを提示する。

満室でも効果があるのか不安だったが、女性はすぐに最上級の部屋へと案内してくれた。

「マスカット会頭のお客様でしたか。さきほどは失礼いたしました。こちらが当店自慢の部屋となります。どうぞごゆっくりお過ごしくださいませ」

その言葉と同時に、部屋の扉が閉まった。

どうやら通常の客室とは別に、特別な客室が設けられているようだった。特別会員カードってすごい！

「それじゃあ、みんなの服を買いに行こうか？」

ケイ、フェイ、レインの首に嵌《はま》っている首輪を外し、みんなで服を買いに外へ出る。

服屋に到着したが、フェイは服には興味なさげだ。一方で女の子二人は、思い思いに自分の気になる服の元へ駆け寄っていった。

「えーっ！　俺はこのままでいいよー！」

「私はこの服がいい！」

「こ、こんなに高い服、本当に買ってくれるの？」

「もちろん、好きな服を買ってあげるよ。これから着る服だからね」

「「本当にっ⁉」」

フェイは特に興味を示さなかったが、ケイとレインには好評だった。

やっぱり女の子だからお洒落に興味があるということなのだろうか。

そんなことを考えながら、店で適当な服を買い揃え、四人で『私の宿屋』に戻るのだった。

6　子供達の楽しいレベリング

「うーん。美味しいっ！」

「こんなに美味しい物を食べていいのかな？」

「悠斗さんと会わせてくれたハメッドさんに感謝……」

「いやー、やっぱり『私の宿屋』の食事は美味いね。それじゃあ、これから自由時間、それぞれ好きにしていいよ」

ケイ、フェイ、レインに夜までの間ゆっくり過ごすよう指示を出すと、三人とも着替えだけ済ませ、五分と経たないうちに、俺の下に集まってくる。

代表してフェイが口を開いた。

「お兄さん。なにをしたらいいかわかりません」

あれ？　子供ってこんな感じだったっけ？

俺が子供の頃は、特に意味もなく部屋の探索をしたり、かくれんぼやかけっこをしたりしていたような気がする。

まぁ宿の一室だから、かけっこを始めたら流石に止めると思うけど……

そう考えたところで、早めにやっておきたいことを一つ思い出した。

せっかくなので俺はケイ、フェイ、レインをソファに座らせると、声をかける。

「そういえば、まだちゃんと自己紹介してなかったよね。みんなのことを聞いてもいいかな」

「はい！　それじゃあ私から！　私の名前はケイ、八歳です。将来は、魔法使いになりたいです！」

昨日の魔法をキラキラとした目で見ていた女の子が元気に自己紹介にしてくれた。

「俺はフェイ、九歳です！　将来はお兄さんのような冒険者になりたいです！」

昨日、迷宮攻略の話を熱心に聞いていたし、冒険者に憧れているようだ。

「私はレイン、八歳です！　将来は、お兄さんのようになりたいです！」

この子はよく気の利く子だ。昨日は率先して食事の用意をしてくれて、料理が得意と言っていた。

「それじゃあ、最後は俺かな。佐藤悠斗、十五歳、Ｆランク冒険者です。これからよろしくね」

「「「よろしくお願いします！」」」

ケイ、フェイ、レインの声が部屋に木霊《こだま》した。

「それじゃあ、みんなにこれをプレゼントするね」

そう言って俺は、ケイ、フェイ、レインの首に自作したネックレスをかけていく。

ネックレスにはそれぞれ黒い魔石が付いており、その中には『影精霊《スピリット》』が宿っている。この子達を守るのに最適だ。

「「「ありがとう！」」」

三人は元気よくお礼を言ったが、ケイが不安そうに尋ねてくる。

「いいの？　こんなに高そうな物をもらって」

「もちろんだよ。これは、身を守るために大切なものだからね。ちゃんと身に着けているんだよ？」

「「「うん」」」

「そういえば、みんなは冒険者や魔法使いになりたいんだよね？　これからみんなの適性を見たいんだけど、鑑定しても大丈夫？」

　すると、ケイ、フェイ、レインは頭をコテンと傾ける。

「「「『鑑定』ってなに？」」」

『鑑定』はみんなの適性を確認できる能力だよ。ステータスってものを見られるんだけど……聞いたことあるかな？」

「ステータス？　いまいちわからないけど、お兄さんが鑑定したいなら、してもいいよ？」

　フェイが首を傾げつつそう言ってくれた。

「ありがとう。みんなもステータスオープンと唱えて自分のステータスを確認してごらん」

「「「うん」」」

　ケイ、フェイ、レインの三人を『鑑定』すると次のように表示された。

【名前】ケイ　　**【年齢】8歳**
【レベル】1　　**【種族】人族**
【性別】女

【ステータス】STR：10　DEX：20　ATK：10
AGI：20　VIT：20　RES：20
DEF：20　LUK：20　MAG：80
INT：40
【スキル】生活魔法Lv5　火属性魔法Lv1

【名前】フェイ
【レベル】2　【年齢】9歳
【性別】男　【種族】獣人族（犬族）
【ステータス】STR：20　DEX：40　ATK：20
AGI：40　VIT：20　RES：40
DEF：40　LUK：20　MAG：20
INT：40
【スキル】生活魔法Lv5　風属性魔法Lv1　剣術Lv1

【名前】レイン
【レベル】1　【年齢】8歳
【性別】女　【種族】ハーフエルフ族

【ステータス】 STR：5　DEX：10　ATK：5
AGI：10　VIT：20　RES：40
DEF：10　LUK：15　MAG：70
INT：40

【スキル】 生活魔法Lv5　水属性魔法Lv1

みんな魔法が使えるようだ。フェイはそれだけでなく『剣術』スキルも持っている。

いまから鍛えれば相当強くなるんじゃないだろうか。

もう一つ驚いたのは、レインがハーフエルフ族ということだ。最初に荷台で見た時は人間にしか見えなかったし、ステータスを見るまで全く気付かなかった。

でも近くで見ると、ほんとに僅かだけど耳が尖っているのが目に入る。

そんな風に考えていると、フェイから質問が飛んできた。

「悠斗兄《にい》のステータスは？」

それに、いつの間にかお兄さんという呼び方から悠斗兄に変わった⁉

距離が縮まった気がしてなんとなく嬉しい。いや、お兄さんという呼ばれ方もよかったけれども。

俺は、部屋備え付けの羊皮紙に自分のステータスを書き写す。

【名前】 佐藤悠斗

【レベル】62　【年齢】15歳
【性別】男　【種族】人族
【ステータス】STR：850　DEX：4200　ATK：850
AGI：2849　VIT：2850　RES：2850
DEF：4850　LUK：100（MAX）　MAG：7200
INT：6200
【ユニークスキル】言語理解　影魔法　召喚
【スキル】鑑定　属性魔法　生活魔法Lv5

ケイ、フェイ、レインは俺のステータスを見て唖然としている。

「「す、凄い！　流石は悠斗兄！」」

ケイとレインが最初に紙を見て声を上げた。

「すげーっ！」

フェイはその紙を持つと、ソファの上で跳びはね、大はしゃぎし始めた。

「ち、ちょっと、声のボリュームを下げようか」

あまりの声の大きさに、周囲の部屋に迷惑がかかったらまずいと思って、注意する。

しかし、好奇心に火が付いた少年達を止めることはできなかった。

そこからは、ひたすら質問の嵐に見舞われる。

「どうやったら、悠斗兄のようになれるの？」

「属性魔法ってなに？　もしかして、すべての魔法を使えるの？」

「悠斗兄、ユニークスキルってなに？」

「水属性魔法ってどんなことができるの？」

「レベルってどうやったら上がるの？」

俺はみんなの質問にひとつひとつ答え終えてから、ぐったりした表情で、ベッドに寝転んだ。

三人の質問攻めはなかなかに手強い。

「どうしたの？」

「具合が悪いの？」

「だったら、横になっていた方がいいよ？」

ケイ、フェイ、レインはベッドをトランポリンのように扱って、俺の周りを縦横無尽に跳びはねる。

流石は八、九歳。元気いっぱいである。

これだけ元気なら、いっそのこと魔法の練習やレベル上げをさせてもいいかもしれない。

このくらいの年齢からレベル上げをする人はそういないだろう。

モンスターと戦うのも、カマエルさんとロキさんを護衛につければ安全だろうし、みんなの首には『影精霊《スピリット》』が付与されたペンダントがぶら下がっている。

「試しにこれからレベル上げしてみる？」

すると、三人はさっきよりも激しくジャンプし出した。

まるでなにかの儀式のようである。なにより俺を飛び越えるようにジャンプし、着地をするのがとっても怖い。

どうやらジャンプし、跳びはねることで喜びを体現しているらしかった。

ワーキャー言いながら、楽しそうに「やったー！」と叫んでいる。

俺はゆっくり起き上がると、この世界の情報をなんでも調べられるタブレット型端末——叡智《えいち》の書《しょ》で、効率よく経験値を稼ぐことのできる場所を検索していく。

どうやら、スヴロイ領近くにある森にワイバーンの巣があるようだ。

その森には他にも多くのモンスターが生息しているらしい。

「それじゃあ、みんなで行ってみようか」

そうして俺達は早速、その森に向かうことにした。


「さあ着いたよ」

ここはスヴロイ領の門を出てすぐのところにある森。

『影探知《サーチ》』してみると、多くのモンスターが生息していることがわかる。

どうやら最深部にワイバーンの住処《すみか》があるようだ。

「それじゃあ、これから俺の仲間を召喚するね。『召喚』」

召喚のバインダーから『天』のカードを二枚取り出すと、カマエルさんとロキさんを召喚した。

目的はもちろん、俺を含めた全員の護衛だ。

「おや？　今回は迷宮ではないのですか？」

「久しぶり～！　今回はなにをするの～？」

「久しぶりだね、カマエルさん、ロキさん。今回は、この子達のレベル上げを手伝ってくれないかな？　できるだけ安全にレベリングしたいんだ」

「わかりました。それでは能天使《のうてんし》を二体ずつ護衛に付けましょう」

「ねえねえ、悠斗兄。この人達って、誰？」

フェイがカマエルさんを指さしながら大きめの声で尋ねた。

「初めまして、私はカマエル。で、こちらがロキ。我々は主に迷宮などで悠斗様をサポートする存在です。よろしくお願いします」

「「「わぁ～、かっこいい！」」」

優しく話しかけるカマエルさんを見て、子供達は三人とも目をキラキラさせていた。

ロキさんも子供達を興味深げに眺めながら、一人一人と握手していた。

みんな仲良くなれそうで何よりだ。

紹介が済むと、カマエルさんは軽く手を上げ、固有スキル『天ノ軍勢《アーミィ》』で六体の能天使を召喚する。

「それじゃあ、ボクは悠斗様の護衛をするよ。この子達には特別サービスとして、安全にレベル上げできるようボクの『秩序破り《トリックスター》』で改変してあげるよ！　レベル上昇時のステータスも面白いことになるから期待しててね♪」

なんだかロキさんがすごいことを言った気がする……

『秩序破り《トリックスター》』による改変って……それにレベル上昇時のステータスが面白いことになるってどういうこと？

「「「カマエルさん、ロキさん、今日はよろしくお願いします」」」

俺がそんなことを考えていると、ケイ達三人が、カマエルさんとロキさんに頭を下げる。

「ええ、よろしくお願いします」

「うん。よろしく～♪　君達のことはボクらがバッチリ守るから、大船に乗った気持ちでレベリングに励むといいよ♪」

「「「はい。ありがとうございます！」」」

三人ともすごく礼儀正しい。ハメッドさんの教育の賜物《たまもの》だろうか。

「それじゃあ、早速森に入ろうか」

カマエルさんとロキさんに先導してもらいつつ、後衛を能天使に任せてみんなで森に入っていく。

前衛に大天使と神、後衛に天使の最強の布陣である。

たとえ大地が裂けようが、雷が落ちてこようがまったく問題なく対処できそうだ。

これならレベル上げも安心して行うことができるな。

「それじゃあ、どんどんモンスターを狩ってくよ！」

そう言うと、カマエルさんとロキさんは、俺達に向かって襲い来るモンスターをどんどん倒していく。

俺の役割は、狩ったモンスターを収納指輪に入れること。

そして、ケイ、フェイ、レインの役割はというと、襲い来るモンスターがやられていくさまを見ることだ。

ロキさん曰《いわ》く、たったそれだけのことで、レベルが上がるらしい。これがロキさんのスキル『秩序破り《トリックスター》』の改変効果だろうか？

それにしても、かなり大量のモンスターが先ほどから襲ってくる。

森に出現するモンスターってこんなに多かったっけ？

ふと気になって、カマエルさんに声をかけた。

「そういえば、カマエルさん」

「はい。なんでしょうか？」

カマエルさんは真正面から襲い来るモンスターを切り捨てながら返事する。

「この森、随分とモンスターが多いように思うんだけど……」

「たしかにそうですね。このあたりは魔力だまりとなっているみたいですし、もしかしたら迷宮があるのかもしれませんね」

「えっ、こんなところに迷宮？」

「はい。モンスターも多いですし、この森のどこかに発生しているのではないでしょうか」

つまり、迷宮からモンスターが溢れ出している可能性があるのだろうか？

ただ迷宮があったら、先に他の冒険者が気付いていてもおかしくない気がするけど……

気になって、そのことを率直に伝えると、カマエルさんも自分の意見を言ってくれた。

「このスヴロイ領では迷宮が発見されていないようですし、冒険者の多くは、この領を素通りして、迷宮のある王都に向かいます。森には低ランク冒険者が素材採取に来るくらいでしょうし、迷宮の存在に気が付かなかったのでしょう」

「なるほど」

言われてみれば納得だ。わざわざモンスターを探しに森に入るより、モンスターが確実にいる迷宮で狩りをした方が効率的だからね。

あれ？　もしそうだとすれば……

もしかしたら、マデイラ王国の近くにあった森にも迷宮が発生していたのかもしれない。

なにせ二千体近くものモンスターがいたのだ。その可能性は十分ある。

まぁ、今は確かめる手段がないけどね。

「それと、もう一つ聞きたいんだけど……モンスターを倒した時の経験値の判定ってどうなってるの？」

カマエルさんやロキさんに率先してモンスターを倒してもらっているが、今回の目的は森の散策ではない。この子達のレベリングである。

「そうですね。通常、モンスターに攻撃を当て倒すことで経験値が入ります。しかし……」

「今回の場合は、攻撃を当てなくても経験値がみんなに流れるように『秩序破り《トリックスター》』で改変したからね～♪　普通、ついてくるだけでレベルが上がるなんてことはないよ」

「そうなんだ。そういえば、カマエルさんやロキさんにも、経験値は流れるの？」

ふと湧いてきた疑問をぶつけてみる。

「ボク達に？　いやいや、ボク達は対象外だよ？　そもそも、ボク達にはレベルの概念《がいねん》がないからね♪　あっ、それとまだ子供達のステータスは見ちゃ駄目だからね。見るのはここにいるモンスターをすべて駆逐《くちく》してからだよ～」

「うん。わかった。ケイ、フェイ、レイン。疲れてない？」

俺がそう問いかけると、みんな揃って首を横に振る。

結構森の奥深くまで来たけど、まだ体力に余裕があるらしい。

しかし不思議だ。普通の八歳、九歳ってこんなに体力あったかな？

そんなことを考えているのがわかったのか、カマエルさんが声をかけてくる。

「先ほどからレベルが上がってステータスも上昇していますからね。身体が少しずつ変化しているのでしょう」

「えっ、レベルアップって身体にも変化が現れるの!?」

衝撃の事実である。

「悠斗様は転移者だからね、レベルやステータスが上昇しても身体は変化しないよ？　そもそも、異世界人とこの世界の人達では身体の構成が少しだけ違うしね」

「そうなんだ……」

「この世界に住む人の場合、身体の変化はあるけど、ステータス値が二千を超えない限り問題ないさ♪」

えっ？　逆にステータス値が二千を超えていると何かまずいの？

もしかして身体がステータスの高さに耐え切れず爆発するとか……

変に気になる発言をされてしまった。

ずっとしていると、カマエルさんから声がかかる。

「悠斗様、見てください。ワイバーンです」

「えっ？　あっ、本当だ。ということはもう森の最深部まで来たんだ」

「ええ、それでは悠斗様方は、私達の後ろへ」

「「「うん」」」

みんながそう返事をすると、ワイバーンの群れが『グッギャアァァァァ！』と叫びながらこちらに向かってくる。

それにしても、このままカマエルさんとロキさんの二人だけに任せっぱなしで本当にいいのだろうか？

ここに来てからというもの、俺がやっていることといえば、ただひたすら、モンスターを収納指輪に入れるだけ。

結局、俺は一切の戦闘に参加していない。

このままではまずい。俺のことを悠斗兄と慕《した》うこの子達の前で、みっともない姿は見せられない……

というか、俺の格好いいところを子供達に見てほしい！

「俺もワイバーン狩りに参加するよ。『影刃《ブレード》』！」

俺はできるだけカッコよくワイバーンを倒すことを意識し、木々の影から大量の『影刃《ブレード》』を伸ばして、次々とワイバーンの首を狩っていく。

振り向くと、三人は羨望《せんぼう》の眼差しでこちらを見てきた。

目論見《もくろみ》通りにいって安心した。

唯一心配だったのは、ワイバーンの首を落としていく俺のことを怖がったりしないかという点だが、どうやらそれも杞憂《きゆう》に終わったらしい。

「すごいよ、悠斗兄！」

「いまのどうやったの？」

「もしかして、いまのがユニークスキル？」

「ああ、そうだよ。いまのは『影魔法』といって、俺専用の……」

これからユニークスキルについて語ろうか、というところで、カマエルさんが声をかけてくる。

「悠斗様、迷宮を見つけました」

報告は嬉しいけど、今は子供達にもう少し格好いいところを見せたかった。

そんな気持ちを隠しつつ、カマエルさんに返事する。

「迷宮、本当にあったんだね？」

たしかに、洞窟の横に掲示板がある。階層数を確認すると掲示板には『踏破階数／現在階層数：無し／五十階層』と書かれていた。

「どうしましょうか？」

迷宮に入るかどうかを聞いているのだろう。

随分と日も落ちてきた。

それにこの子達を連れて迷宮探索は時期尚早《じきしょうそう》かもしれない。慌てて探索するものでもないし、今日はこの辺でやめておくか。

「暗くなってきたし、目的のワイバーンは倒せたから、今日はここまで。カマエルさん、ロキさん、レベル上げに付き合ってくれてありがとう」

「「「ありがとうございます！」」」

俺がそう言うと、続けて子供達もお礼の言葉をカマエルさんとロキさんに言う。

「それで提案なんだけど、これからみんなで美味しい物を食べない？　カマエルさんとロキさんには日頃のお礼もしたいし」

俺の言葉にカマエルさんとロキさんが目を丸くする。

「よ、よろしいのですか？」

「本当にいいの？」

「もちろんだよ！」

お世話になったお礼をしようとしただけなんだけど、思った以上の反応にこっちが驚いた。

まぁ、カマエルさんは以前食事を振る舞ったことがあるから、人間界の食べ物の美味しさを知っているもんな。

「それでは、ぜひ参加させていただきます！」

「ボクもっ！　絶対、参加させてもらうね♪」

「それじゃあ、一旦、『召喚』を解くから、食事の準備が整ったらまた呼ぶね」

「絶対ですよ。約束ですからね？」

「うわぁ！　この世界で食事できるなんて何年振りだろう。楽しみだなぁ♪　カマエルはいいけど、ボクだけは絶対呼んでね？」

ロキさんの発言を聞き、カマエルさんが鋭い視線を向ける。

「ロキ、いまの発言はいただけませんね」

「なに？　ボクとやる気？」

「私は構いませんよ？」

一触即発の空気だ。ただ一緒にご飯を食べようと誘っただけなのに……

いまにも殴り合いを始めそうなカマエルさんとロキさんの『召喚』を解くと、『天』のカードを拾いバインダーにしまった。

ケイ達は特に気にした様子もなく、近くで俺を待ってくれていた。

「それじゃあみんな、『私の宿屋』に戻ろうか」

「「うん！」」

俺は子供達の返事を聞くと、『影転移《トランゼッション》』で森を抜けスヴロイ領に戻るのだった。

7　スヴロイ領の冒険者ギルド

スヴロイ領の門を抜けた俺達は、『私の宿屋』に向けて歩き出す。

部屋に着いた後、俺は色々な料理と美味しいお酒を数種類注文し、コンシェルジュに並べてもらった。

四人しかいないのにそれ以上の量の食事を頼んだので、何か言われるかと思ったが、特に何もなかった。

コンシェルジュが去っていくのを確認し、カマエルさんとロキさんを再度召喚する。

するとすぐに、ロキさんはテーブルの上の料理をじっと見た。

「これがカマエルの言っていたこの世界《ウェーク》の料理か～♪　とっても美味しそうだね♪」

「だから言っただろ？　とても美味い料理がウェークに溢れていると」

なんだか、カマエルさんの口調がおかしい。一体、どうしたというのだろうか？　いつもならロキさん相手でも敬語だったはずだけど……

「本当だねぇ♪」

「そうだろう？　いや～、以前、悠斗様にこちらの食事をご馳走になった時はもっと凄かったぞ。

ありとあらゆる酒のつまみが私一人のためにテーブルに載《の》っていたほどだからなぁ」

「へぇ～。それは羨ましいね……ちなみにカマエル、気付いてる？　これまで悠斗様の前では猫を被っていたようだけど、その化けの皮、剥がれかけてるよ？」

あの丁寧な口調は演技だったのか。まぁ今までも敬語かはともかく荒々しい言い方をしていたことはあったから、今さら驚かない。

「はあ？　なにを言っているんだ？　そんなことより、悠斗様が用意してくれたこの酒の数々を見てみろ！」

「おお♪　壮観だねぇ！」

ロキさんが喜びの声を上げる。

そんなにこの世界の酒と料理が珍しいのだろうかと考えていると、料理を頼んでいる最中にお風呂に入っていたケイとレインが戻ってきた。

フェイはというと、カマエルさんやロキさんが語り合っている近くでじっと料理を見つめている。

「悠斗兄！　お風呂上がったよ～！」

「お腹減った……はやくご飯を食べたい」

そんなことを言いながら、新しい服に着替えた子供達が風呂場から駆けてくる。

「髪を乾かしたら食事にしようね」

「「うん！」」

そう言うと、ケイ、レインの二人はドライヤーのような魔道具で髪を乾かし、その後、カマエルさんやロキさんとともに『私の宿屋』特製の豪華な料理が並べられたテーブルについていく。

「みんな、今日はお疲れ様でした。カマエルさんもロキさんも、今日は楽しんでいってください！

それじゃあ、かんぱーい！」

「「「かんぱーい！」」」

グラスを揺らすと、みんな思い思いに食事を楽しみはじめた。カマエルさんとロキさんはお酒も飲めて上機嫌だ。

「うわぁ！　こんなに美味しいものは初めて！」

「こっちも美味しいよ！」

「う～ん。幸せ……」

ケイ、フェイ、レインも美味しそうに食べている。

一方、カマエルさんとロキさんはごちそうが相当嬉しかったようで、すっかり気が緩み切っていた。

「悠斗様ぁ。もっと酒はないのかぁ？　我らは、酒を所望する！　酒だぁ！　酒を出せぇ！」

「あ～美味しいねぇ♪　料理も美味しければ、お酒も美味しい！　もっとこの世界に永く顕現《けんげん》していたいなぁ♪」

まさか、カマエルさんがこんな感じの人だったとは……ロキさんの方はあまり変わらないけど。

「カマエルさん、酔い覚ましにお風呂でも入ってきたらどうですか？」

俺がそう提案すると、カマエルさんはエールを傾けながら呟く。

「あぁ？　そうだなぁ～。悠斗様ぁ、風呂の桶に酒とつまみを入れておいてくれ！　わかったなぁ！」

ウザいことこの上ない。カマエルさん、かなり悪酔いしているな。

というか酔い覚ましに風呂に入ることを勧めたのに、その風呂で呑むのか……

だが、ここで断わって機嫌が悪くなるのは一番まずい。

俺はカマエルさんの言う通り、つまみと酒を入れた桶を準備し、風呂場に案内する。

「さあ、着いたよ」

そう言って、カマエルさんを風呂場に押し込んだ。

部屋に戻ると、酒と料理を楽しんでいる最中のロキさんが声を上げた。

「悠斗様、ウェークで呑むお酒は最高だね♪　料理と冷えたエールの相性が最高だよ～。これから毎日、食事時に召喚してほしいくらいだよ」

ゴクゴクと喉を鳴らし、「ぷはぁ～っ！」と声を上げている。

見た目は子供なのに、所作がおじさんっぽ過ぎる。

ただこっちは悪酔いはしていないようなので安心した。

料理がなくなってきたので、収納指輪から追加の料理を提供していくと、風呂から上がったカマエルさんがやってきた。

「あれ、もういいの？」

「ああ、だいぶすっきりした。とはいえ、風呂で飲むエールは素晴らしい！　なにせ、あの風呂の

効能のおかげで全く酔わない。いつまでも飲んでいられそうだ」

どうやら万能薬入りの風呂は、酔いを覚ます効果もあるらしい。

ふとロキさんを見ると、話したいことがあったようで声をかけてきた。

「悠斗様～、みんなのステータス、確認してみた～？　もの凄いことになってるよ♪」

そういえば、食事に夢中ですっかり頭から抜けていた。

「ケイ、フェイ、レイン、ステータス確認してもいい？」

「「「いいよ～」」」

「それじゃあ、『鑑定』させてもらうね」

【名前】ケイ　【年齢】8歳
【レベル】30
【性別】女　【種族】人族
【ステータス】STR：400　DEX：500　ATK：400
AGI：500　VIT：800　RES：500
DEF：400　LUK：30　MAG：1500
INT：500
【スキル】生活魔法Lv5　火属性魔法Lv3

【名前】フェイ
【レベル】32　【年齢】9歳
【性別】男　【種族】獣人族（犬族）
【ステータス】STR：900　DEX：600　ATK：950
AGI：600　VIT：900　RES：600
DEF：850　LUK：30　MAG：600
INT：500
【スキル】生活魔法Lv5　風属性魔法Lv3　剣術Lv2

【名前】レイン
【レベル】30　【年齢】8歳
【性別】女　【種族】ハーフエルフ族
【ステータス】STR：500　DEX：500　ATK：500
AGI：500　VIT：500　RES：500
DEF：600　LUK：30　MAG：1500
INT：500
【スキル】生活魔法Lv5　水属性魔法Lv3

三人のステータスを見て、俺は口をパクパクさせる。

何、この数値……

呆然とする俺に、ロキさんが笑みを浮かべる。

「ね～、言った通りでしょ～。驚いた？」

三人ともロキさんの『秩序破り《トリックスター》』により、この世界の平均値を大きく上回るステータスとなっている。八歳、九歳とは思えないほどだ。

「ロキさんのおかげだね。なにか他に飲みたいものや食べたい料理はある？」

「催促《さいそく》したようで悪いねぇ～。追加でエールをもらえると嬉しいかも♪」

「それじゃあ、すぐに注文するね」

俺はロキさんにお礼を言うと、エールを追加で注文する。

「おお～、ありがと～！」

コンシェルジュから扉の前でエールを受け取り、ロキさんに手渡す。

ロキさんはそれをガブガブ飲みながら、話し始めた。

「はぁ～美味しい。でもね、悠斗様。こんなにステータスが高くなると、これから先、この子達の人生は大変なものになるかもしれないんだ」

どういうことだろう。

強くなれば安全になることはあっても、危険に晒《さら》される可能性は減ると思ったんだけど……

そう思っていたら、すっかり酔いが覚めたカマエルさんも横から助言をくれた。

「たしかに、力を得ても、それを制御できる知識や方法は学ぶ必要がある。この子達のためにも、そういう情報を得られるような教育機関に入れた方がいいかもしれない」

なるほど、たしかに強大な力は持っていてもその使い方を彼らにはまだ何も教えていない。

うっかり魔力が暴発するといった危険な目に、子供達が遭うかもしれないということか。

「まぁ、悠斗様が子供達のことを思うならそうした方がいいって話だね」

ロキさんが最後にそう言って頷く。

この子達には健やかに育ち、それぞれの幸せを手に入れてほしい。

そんな俺の思いはハメッドさんから彼らを引き取って以来、変わっていない。

子供達が楽しそうに美味しい料理を頬張《ほおば》る姿を見ながら、俺は叡智の書を取り出し、ケイ、フェイ、レインの三人を預けるに相応しい場所を探していく。

そして、このフェロー王国の王都、ストレイモイに魔法学園というものがあるのを見付けた。

「ケイ、フェイ、レイン、ちょっと話があるんだけど集まってくれる？」

カマエルさんとロキさんが騒ぐ中、子供達の反応を窺うようにみんなを近くに呼んだ。

周囲に集まった三人を前に僕は口を開く。

「これからみんなを魔法学園に通わせたいと思うんだけど、どうかな？　同年代の友達がいっぱいできるし、楽しいと思うよ？」

俺がそう言うと、目を輝かせて俺を見てきた。

「「「魔法学園に通えるのっ!?」」」

「うん。みんなが行きたいならね？」

思った以上に好感触で、ひとまずほっとする。

「「えっ⁉　いいのっ⁉」」

「もちろんさ。魔法学園に通ったらなにをしたい？」

「お友達を作りたい！」

「勉強したい！」

「魔法をもっと知りたい！」

どうやら俺が思っているより、三人とも魔法学園に興味津々《きょうみしんしん》なようだった。

「そっか～、ケイ、フェイ、レインは偉いね。じゃあ、魔法学園に行ってみようか」

俺がそう言うと、みんな手に持っていたフォークを手放し喜び出す。

「「「やった！」」」

ここからストレイモイまでは、かなり距離がある。

約一ヶ月後に王都で入学試験があるみたいだし、それまでに王都に向かうとしよう。

そう決めてみんなを見回すと、いつの間にかフェイが眠そうな目をしていた。

「今日は森でレベリングをしたからね。ケイ、フェイ、レイン、ゆっくりお休み」

俺がそう言うと、ケイ、フェイ、レインの三人は目を擦りながら頷いた。他の子達も眠気がきていたようだ。

「「悠斗兄。カマエルさん、ロキさんお休みなさい」」

「うん。お休みなさい」

俺はみんなを寝かしつけると、酒を呑み続けているカマエルさんとロキさんのところに戻る。

時間を確認すると、もう二十一時を回っていた。

「悠斗様。今日はありがとう。名残惜しいが、今日のところは天界に戻るとしよう」

「今日はありがとね！　料理美味しかったよ～！　次も絶対にボクのことを呼んでね！」

「満足したみたいでなによりだよ。またやるからその時に呼ぶね」

「ああ、また必ず呼んでくれ！」

「またよろしくね～♪」

そう言うと、カマエルさんとロキさんはポンッという音とともに、『天』のカードに戻っていく。

俺はそれをバインダーにしまい、既にベッドの中で夢の世界に旅立っている子供達に視線を向ける。

「俺もそろそろ寝ようかな」

コンシェルジュにテーブルを片付けてもらうと、ベッドに入り、子供達の今後に思いを巡らせるのだった。


「う、う～ん」

朝、目を覚ますと、八時をまわっていた。

子供達は三人とも既に起きており、食事を待ちわびている。

「悠斗兄、遅いよ～！」

「お腹減ったよ～！」

「はやくご飯食べよ？」

「ケイ、フェイ、レイン、起きるのが遅くなってごめんね。すぐに朝食を用意してもらうから」

慌ててコンシェルジュに朝食の用意をお願いしたら、すぐに対応してくれた。

着替えを終え、俺達は朝食が並べられたテーブルにつく。

「それじゃあ、食べようか」

「「「うん！」」」

そう言って、俺達は朝食を食べ始める。

一足先に食べ終えた俺は、三人に留守番をお願いし、スヴロイ領の冒険者ギルドへ情報収集に向かった。


「こ、これは……」

スヴロイ領の冒険者ギルドはなんというか……とにかくボロかった。

扉の建てつけも悪く、力いっぱい引かないと開けることもできない。

「と、とりあえず、入ってみよう」

力を入れて扉を開け、なんとか冒険者ギルドに入ると、受付嬢と目が合う。

するとその人は立ち上がり、こちらに向かって駆けてきた。

「今日は聞きたいことがありまして」

そう俺が話し出すタイミングで、受付の女性は話を被せてきた。

「ぼ、冒険者の方ですか！　ちょうどいいところにいらっしゃいました！　大変なんです！　お願いです、この依頼を受けてください！」

正直、逃げたくなるくらいの勢いだ。

少し引きつつも話を聞くと、どうやら最近、森の様子がおかしくモンスターが急増しているらしい。

このままだとモンスターが溢れて暴走しそうなんだけど、冒険者はみんな王都に行ってしまいスヴロイ領にはあまり残っていないようだ。

もう誰でもいいから依頼を受けてほしいのに、ここ数日まったく人が来ないのだとか……

正直、それはもう冒険者ギルドだけじゃ対応できないでしょ、という思いだ。スヴロイ領の領主はなにをやっているんだろう？

「という訳でして、藁《わら》にも縋《すが》る思いなんです！　この依頼を受けていただけないでしょうか？」

「あの、俺、Fランク冒険者なんですけど……」

冷静になってもらおうと、口を挟んだが、一向に収まる様子はなかった。

「この際、Fランクでも構いません！　こちらの受付へどうぞ！」

それどころか、刺《とげ》のある言葉とともに押し切られてしまった。

いくら事実であっても、『Fランクでも構わない』はないだろう……ちょっとはオブラートに包んでほしい。

　少し話を聞いてもらえますか？　と言おうとするも、女性の説明は一向に終わらない。

「スヴロイ領近くの森にモンスターが大量発生しているのは、さきほどお伝えした通りです。あなたへの依頼は少しでも多くのモンスターを討伐すること。わかりましたね？　それでは、こちらにサインを……」

　ここまで話を聞いてくれないと、もはや清々《すがすが》しく思えてくるから不思議だ。

　仕方がなく依頼書の内容を見てみると、つい先日、カマエルさん達とともにモンスターを狩りまくった森だった。

　少し気になって確認する。

「この森って、スヴロイ領から歩いてすぐのところにある森ですよね？」

「はい！　そうなんです！　こちらの書類にサインしてすぐに向かってください！」

「これは三日前の情報なんですよね？」

「そうです！　森にはワイバーンまで生息しているという情報が……今すぐに向かわないと大きな被害が出てしまうかもしれません！」

　やっぱりそうか。

「それなら、この依頼はもう解決ですね。もう森にモンスターはいませんよ？」

「はい！　そうなんで……って……えええっ⁉」

「これが森で倒したワイバーンです」

俺は倒したワイバーンを収納指輪から取り出すと、床の上に置いた。

すると、床がバキバキッと音を立て抜けていく。

「あ、あれ？　私、夢でも見ているんでしょうか……？　それに、Fランクっておっしゃってましたよね？　なんでワイバーンを……」

どうやら床が抜けてしまったことが気にならないくらい衝撃だったみたいだ。

俺はギルドカードを受付の女性に差し出し、Fランクだということを証明する。

「はい。間違いなくFランクですよ」

「ち、ちょっと確認させていただきます！」

受付嬢はそう言ってギルドカードを手に取り、光に翳したり、折り曲げたりして本物かどうかを確認していく。

そして、ギルドカードを折り曲げた時に、パキッという音が聞こえてきた。

あれ？　いま変な音がしたような……

そして女性はしばらく検分を続けていたが、結論が出たのか俺を見据える。

「これは偽物ですね！　機械にまったく反応しません。ギルドカードの偽造は重罪ですよ！」

「いやいやいやいや！　なに言ってるの!?」

それあなたが壊しただけだから！

この人、自分がギルドカードを折り曲げて壊したくせに難癖付けてきたよ！

それに俺のランクはFランク。もし複製するならもっと高ランクを偽った方が得なことくらい少し考えればわかるはずなのだが……

「ギルドカードは折り曲げたくらいで壊れたりしません。それなのに、機械にまったく反応しないということは、このギルドカードは偽造されたものに決まっています！」

「いや、どう見ても壊れてるよね？　ギルドカードに折れ目が付いているものね？　そりゃあ、あれだけ思いっ切り曲げればギルドカードも壊れるよね」

しかし、女性はめげない。

「いいえ。ギルドカードが壊れるなんて聞いたことがありませんし、私には折れ目も見えません！　しかし、万が一、ギルドカードが壊れてしまったと仮定して話をしましょう」

受付嬢は、自分が壊したギルドカードから目を離す。

「現状、このギルドカードが偽物かどうかわかりません。それは機械が反応しないためです」

「そうですね。あなたが、ギルドカードを折り曲げて壊しましたから、反応しないのも無理はないと思います」

「茶化さないでください！　いま、大切な話をしているんですよ！」

事実を言ったら逆ギレされてしまった。

「まったく……話を戻します。ギルドカードが壊れているとしたら、私の権限でこれを直すことはできません。そのため、ギルドカードの再発行を行う必要があります」

「再発行できるんですか？」

「はい。再発行可能です。しかし、その場合、再発行費用として銀貨一枚がかかります」

「えっ？　あなたに壊されたのに再発行費用がかかるんですか⁉」

ギルドカードを壊された上、再発行費用を払うなんてごめんである。

「はい。しかし、今回は初回ですので、再発行費用は無料とさせていただきます」

いや、初回じゃなくても、壊したのは俺ではないのだから、それは当然だろう。

「ただし、再発行には問題があります。ランクが初期化されてしまうのです」

「えっ？　またGランクからやり直しってことですか⁉」

まあ、FからGに下がるくらいなら大したダメージではない。とはいえ、勝手に壊されてランクが下がるのは、納得できない。

「例えば、Aランク冒険者が今回みたいに、ギルドカードを壊されてしまった場合はどうなるんですか？　その冒険者も再発行時、Gランクからやり直しになるんでしょうか？」

俺の問いに女性は首を振る。

「その場合、ギルドマスターの権限でギルドカードの再発行を行いますので、ランクは初期化されません」

その手段があるなら、俺の一件もそれで解決できるような……

「それなら、このギルドカードもギルドマスターの権限で再発行してもらうわけにはいかないんですか？」

「はい。そんなことをしたら、私が怒られてしまうじゃないですか」

こうも悪気なく、さも当然のように言われると正しく感じるから不思議だ。ただ開き直っているだけのはずなのに……というか、怒られるとわかっているあたり、自分に非があると認めているようなものではないか。

「そうですか……」

受付嬢の発言に、俺はやや呆れながら息を吐く。

「と、いうことで、こちらが私の権限で再発行したギルドカードです！　ランクは初期化されてしまったのでGランクからとなりますが、また頑張ってランクを上げてくださいね！　それでは、またのお越しをお待ちしております」

「えっ、まだ話は終わって……」

「いえ、話はおしまいです。ワイバーンを置いたことにより抜けてしまった床の代金は、森のモンスター討伐依頼の報酬と相殺《そうさい》しておきますね。それでは、誠にありがとうございました」

再発行されたギルドカードを持たされた俺は、暗に退店を促されてしまった。

理不尽だけど、周囲に他のギルド職員は見当たらず、この人ただ一人。頼れる人もいなさそうだし、ここは引き下がるしかないか。

それに元からギルドのランクに興味はなかった。身分証として使うことができれば十分だ。今日の出来事は、マトモなギルド職員と出会うことができた時にでも相談してみよう。

俺はワイバーンを収納指輪に戻すと、立てつけの悪い扉を開け冒険者ギルドを後にした。

「スヴロイ領の冒険者ギルド……酷いな……」

結局、冒険者ギルドで情報収集をすることができなかった。

ギルドカードを壊され、不当にランクを下げられただけだ。

晴れてGランク冒険者になった俺は、一縷《いちる》の望みをかけて素材買取カウンターに向かうことにした。

8　王都に向かおう

「ここも相当ボロいな……」

冒険者ギルドに併設されている素材買取カウンターも、ギルドの受付同様に相当古びていた。

扉を押すと、嫌な音をたてながら開いていく。

素材買取カウンターには、仕事時間のはずなのに酒を呑みながらのんびり雑誌を読んでいるおじさんがいた。

冒険者が来ると思っていなかったのか、俺を凝視《ぎょうし》しポカンとした表情を浮かべている。

この冒険者ギルドには、マトモな職員がいないのだろうか？

「読書中にすみません。つかぬことをお伺いしますが、ここは素材買取カウンターであってますよね？　モンスターの買取をしてほしいのですが……」

俺の呼びかけになんの反応もなく、おじさんは本を手にしたまま動かない。

まったく反応が無いので、俺は再度、先ほどより大きめの声でおじさんに声をかける。

すると、おじさんは酒をガーッと呑み干し、口臭を抑える薬らしきものを口に入れた。

ようやくこの状況を理解したらしい。

そして服装の乱れを直した後、何事もなかったかのように話しかけてきた。

「いらっしゃいませ。素材買取カウンターにようこそ。ご利用は初めてですか？」

いやいやいやいや、取《と》り繕《つくろ》っても騙されないから。

「今、酒を呑みながらのんびりしていましたよね？」

「素材の買取をご希望ですね。こちらの受付までどうぞ」

こちらの話を聞かない職員だ。

冒険者ギルドといい、素材買取カウンターといい、ここのギルド職員の教育はどうなっているのだろうか。

とはいえ、ちゃんと対応してくれるだけ、先ほどの受付嬢よりマシか。

「かなり多いんですけど、できれば倉庫の方に案内していただけますか？」

「承知いたしました。それでは、こちらへどうぞ」

さっきまでの態度が嘘のように、おじさんはテキパキと準備を進めてくれた。

「それでは、こちらの倉庫にモンスターを置いてください」

倉庫内はかなり広く、これなら多くのモンスターを納品できそうだ。

「わかりました。それでは……」

俺はそう言って、スヴロイ領近くの森で倒したモンスターを倉庫内に並べていく。

一応、『私の商会』にも売ろうと思っているので、量は控えめだ。

「ち、ちょっと、お待ちください！」

収納指輪からモンスターを取り出して積み上げていると、おじさんからストップがかかった。

「どうかしましたか？」

「え～っと、お客様？　どのくらいの量の買取をご希望でしょうか？」

「そうですね……」

収納指輪の中には、まだまだ多くのモンスターが眠っている。

倉庫に出したモンスターの量は、収納指輪に収められている量のおおよそ二割。

「この倉庫が埋まるくらいでしょうか？」

そう言うと、おじさんの顔が真っ青に染まる。

「も、申し訳ございません。これほどの量となりますと、すぐに解体できないといいますか……何分、人手が不足しておりまして、作業するのは私一人なのです。これ以上の量となりますと解体するのに時間がかかりますし、このくらいで勘弁していただきたいのですが……」

どうやら納品しようとしたモンスターの量が多すぎたらしい。

たしかに、この量のモンスターを一人で解体するのは厳しそうだ。

「わかりました」

そう返事をすると、おじさんはホッとした表情を浮かべ、俺に問いかけてくる。

「お客様は高名な冒険者様なのでしょうか？」

「いえ、Ｆランク……あ、今はＧランク冒険者です。先ほど受付嬢のミスでランクダウンしたばかりでして……」

「えっと、いまランクダウンと聞こえたような気がしたのですが……」

おじさんの頬が少し引き攣《つ》っている。

「はい。こちらの冒険者ギルドに立ち寄ったのですが、そこでギルドカードを壊され、その方の権限でギルドカードの再発行を行ったため、ＦからＧにランクダウンしてしまいました」

そういうと、おじさんのこめかみに青筋が走りピクピクと痙攣《けいれん》し始めた。

「お客様、少々お待ちいただいてもよろしいでしょうか？　ああ、申し遅れましたが、私、冒険者ギルド、スヴロイ支部のギルドマスター兼素材買取カウンター支店長、マヨットと申します。お客様のお名前をお聞かせいただいてもよろしいですか？」

「佐藤悠斗と申します」

「悠斗様ですね。先ほどのギルドカードの件、確認してまいりますので、そちらの椅子におかけになってお待ちください」

おじさん改め、マヨットさんはそう言って俺を椅子に座らせると、血相を変えて素材買取カウンターから出て行った。

五分ほど経って、マヨットさんが冒険者ギルドにいた受付嬢を連れて戻ってくる。

「悠斗様、当ギルドの者がギルドカードを破損してしまい申し訳ございませんでした」

「もっ、申し訳ございませんでした……ズビッ……」

話を聞いてみると、この人がギルドカードを壊したのは今回が初めてではないらしい。数多くの冒険者がこのギルドを訪れ、Gランク冒険者に落とされていったようだ。

冒険者にとっては、あまり訪れたくない場所だろう。このギルドの廃《すた》れ具合もわかる気がする。

「こちらが悠斗様の新しいギルドカードとなります。もちろんランクはFランクとなっております。重ね重ね申し訳ございません」

「いえ、気にしてませんので大丈夫です。今後来る人達のために、次から気を付けるようにしてください」

マヨットさんからギルドカードを受け取った俺は、それを収納指輪にしまった。

「それからですね。悠斗様、先ほどのモンスターの量……もしやこの近くの森に行かれました？」

「はい、先ほどそちらの方にも話したのですが……」

マヨットさんは女性の頭をポカリとはたく。

「すっ、すみませんでしたぁ～！」

鼻をすする受付嬢の横で、マヨットさんは納得したかのような表情を浮かべた。

「なるほど、それであの量のモンスターを出されたわけですか……」

「はい。量を見ればわかると思いますが、あの森にいたモンスターはすべて倒しました。先ほど出したのは一部ですが……それで、モンスターの査定と解体はいつくらいに終わりますか？」

「そっ、そうですね。なんとか明日の昼頃には査定と解体を終わらせようと思います」

「そうですか。それでは、明日の昼にまた来ます。そういえば、『私の商会』がどこにあるのかご存知ですか？」

「『私の商会』ですか？　ここを出て、右手に百メートルほど進んだところにある大きな建物がそうですよ」

「右手に百メートルですね。わかりました。ありがとうございます」

俺はマヨットさんにお礼を言うと、素材買取カウンターを後にし、『私の商会』に向かうことにしたのだった。


『私の商会』にやってきた俺は、マスカットさんからもらった名刺を店員さんに見せる。

しばらく待つと奥からふっくらとした体つきの男性がやってきた。

「悠斗様ですね？　私は、『私の商会』スヴロイ支店の支店長をしております、ガルバと申します。お話は会頭より聞いております。倉庫まで来ていただいてよろしいでしょうか？」

「はい。よろしくお願いします」

ガルバさんに案内された場所は、冒険者ギルドの素材買取カウンターの倉庫より広かった。

これなら収納指輪に収められているモンスターをかなりの量出しても問題なさそうだ。

問題は、モンスターを解体する人が足りているかだけど……

そこでそんな視線をガルバさんに向ける。

すると、ガルバさんは自信満々といった表情になった。

「ここの倉庫を埋めるつもりでモンスターを出していただいても構いませんよ」

どうやら問題ないらしい。

「わかりました。それでは……」

俺は収納指輪に収められたモンスターを次々と倉庫内に置いていく。

最終的には、アゾレス王国でよりも多くのモンスターを卸すことができた。

流石のガルバさんもこれには苦笑いだ。

ああは言ったものの、本当に、倉庫内一杯にモンスターを出すとは思っていなかったのかもしれない。

「まさか、これほどとは……悠斗様、これですべてですか？」

「あと三回はこれと同じ量を出すことができますがどうしますか？」

「それは流石に、この支店にある資金が尽きてしまう可能性がありますね。これで十分です。明日の夜……いえ明日の昼までには解体と査定を終わらせますので、それ以降にお越しいただいてもよろしいでしょうか？」

「わかりました。それでは、明日また伺います。そういえば聞きたいことがあるんですけど、王都ってどうやって行けばいいんですか？」

子供達を魔法学園に入学させるには、一ヶ月以内に王都に着かなければならないからな。

「王都ですか？　それでしたらフェリーの利用をおすすめします。馬車では遠回りになってしまいますからね」

「フェリー、ですか？」

話を聞いてみるとフェロー王国はすべての領に水路が通っており、水路を移動することで王都に行けるようになっているようだ。

いま思えば、たしかにスヴロイ領の至るところに水路が張り巡らされていたのを見た気がする。

「フェリー乗り場はスヴロイ領の門近くにありますので、そちらをご利用ください」

「入国門のところですよね。ありがとうございます。実は、いま預かっている子供達を魔法学園に入学させようと思っているのですが、魔法学園がどのような場所かご存知ですか？　もしよろしければ教えていただきたいのですが……」

「魔法学園ですか？　私の姪《めい》も魔法学園に通っていますよ。そうですね、年齢はおいくつくらいでしょうか？　魔法スキルを持っていると入学試験も楽に受けることができるのですが……」

たしか、三人とも魔法スキルを持っていたはずだ。

「八歳から九歳で、魔法スキルも持っていますよ」

「それでしたら問題なく入学することができるでしょう。入学試験は年に一度で、三つの試験の内、二つに合格することで入学できます」

「三つの試験ですか……」

筆記とか言われたらどうしよう……全然、勉強を教えていない。

「はい、一つ目が魔力を測る試験です。これは会場に用意してある水晶製の魔力計に魔力を流し、一定以上の魔力保持者を合格とする試験です。本当は『鑑定』を使えば早いのですが、『鑑定』スキル保持者は希少ですからね。それにお金もかかります」

魔力量だけならこの前一緒にレベリングしたのもあるし、クリアできるだろう。

「二つ目に、魔法を使っての的当て試験です。これは実際に魔法が使えるかどうかを見るもので、魔法が的に当たれば合格となります」

おそらく、魔法の射程や威力も一緒に見るのだろう。これも魔法のコントロールさえ教えられればそれほど問題はなさそうだ。

「三つ目に、体力試験があります。魔法が使えるだけでは将来役立ちませんから、最低限の体力が求められます。私の姪がこの試験を受けた時の種目は、持久走に似た体力測定の方法で、音楽に合わせ二十メートルを往復する試験です。たしか転移者が教えたものだとか」

三つ目の試験はおそらくシャトルラン……なのかな？

シャトルランは、楽そうに見えるけど、往復回数が増えるにつれてきつくなる競技だ。でも特にフェイは獣人だし、他の二人も体力が心配というほどではない。

「筆記試験はないんですか？」

「まあ子供達の年齢を考えても、筆記試験はあまり意味はないとの判断だと思います」

言われてみれば、それもそうか。

「筆記試験をして得をするのは、小さい頃から勉強を習わせている貴族くらいのものです。魔法学園では、基本的に差別や権力の行使を許していません。そのため誰が受けても平等となる試験を試験科目としているようです。知識は入学してからつければいいのです」

たしかに、元の世界のように教育水準がある程度出来上がっている世界ならともかく、この世界では、貴族か平民かによって教育水準に開きがある。

そのため魔法学園では、入学時の学力を測る筆記試験は行っていないのだろう。

筆記試験があった場合、急いで対策を練らなければならないところだった。そう考えると、ありがたい話である。

「そうですか、ガルバさん。色々と教えていただきありがとうございます」

「いえ、それでは、明日の昼過ぎ、お待ちしております」

「はい。よろしくお願いします」

ガルバさんにそう言うと、俺は『私の商会』を後にし、フェリーの時刻表を確認するためスヴロイ領の門に向かうことにした。

「ここがフェリー乗り場か……」

通り過ぎたことはあったはずだが、全然気付かなかった。

たしかに水路にフェリーが停まっている。

「すみません。フェリーの出発時刻を教えていただけますか？」

門近くにいる兵士に話しかけると、水路を指差した。

「ここはフェリーの受付ではない。あそこに階段があるだろ？　降りたところに受付があるからそこを訪ねなさい」

兵士の言葉に従い、階段を降りていくと、受付の隣に時刻表が貼ってあるのを見つけた。

すると受付のおばあさんに声をかけられる。

「いらっしゃい。フェリーの利用は初めてかい？」

「はい。王都へ行きたいのですが……」

「次の王都行きのフェリーは明後日の十三時出港予定だよ。まあ大体、翌日の昼くらいまでには王都に到着するさ」

どうやら、毎日運航しているわけではないようだ。

明日は素材買取カウンターと『私の商会』に行かなきゃいけないからちょうどいい。

「それでは、大人一人と子供三人の四人分のチケットをいただけますか？」

「四人分だね。一人当たり金貨一枚だよ」

フェリーの乗船は、大人か子供かに関係なく一人につき金貨一枚かかるらしい。

収納指輪から金貨四枚を取り出すと、おばあさんへ渡す。

「これがチケット替わりのコインだよ。これをもって明後日の十三時までにここにおいで、時間厳守だよ」

一から四の番号が書かれたコインをおばあさんから受け取る。どうやらこのコインを渡すことでフェリーに乗ることができるらしい。

「ああ、言い忘れた。フェリーには客室がある。そのコイン二枚で一部屋借りることができるからね。寝食はそこでやっとくれ」

「ありがとうございます」

フェリーのチケットを手に入れた俺は、おばあさんにお礼を言うと、みんなの待つ『私の宿屋』

に帰ることにしたのだった。


「ただいま、いい子にしていたかな――ぐふっ！」

部屋の扉を開けてすぐ、ケイ、フェイ、レインの三人がタックルをキメてくる。

なかなか力強いタックルで、思わず尻餅《しりもち》をついてしまった。

「悠斗兄！　私も外に行きたい！」

「悠斗兄、どこに行っていたの？」

「私は魔法の練習がしたい……」

部屋で待っている時間は、相当退屈だったらしい。

「その前に、もうお昼だからね。ご飯を食べてから森に魔法の練習をしに行こうか」

「「「やったー！」」」

喜ぶ子供達と一緒に昼食を食べ終えると、俺達は『影転移《トランゼッション》』で近くの森に転移した。

「うん。森にモンスターはいないみたいだね」

先日、森の大掃除をしたためか『影探知《サーチ》』してもモンスターの反応は全くない。人の気配もないし、これなら魔法の練習ができそうだ。

みんなの属性魔法スキルのレベルは3になっている。たった一度のレベリングでスキルレベルがここまで上がるとは、ロキさんの『秩序破り《トリックスター》』の改変効果がどれだけ規格外なのかが窺える。

「それじゃあ、あの木を的に魔法の練習をしてみよう」

ケイは『火属性魔法』、フェイは『風属性魔法』、レインは『水属性魔法』を使うことができるので、早速使ってもらおうと思ったのだが――

「「「悠斗兄、どうやって魔法を発動させるの？」」」

これは盲点だ。『属性魔法』を持っているから、ある程度、使えるものと錯覚していた。

感覚派の俺が、魔法の使い方を教えることは難しい。なにかいい方法はないだろうか？

そう思ったところで、ケイが指先に火を灯しながら呟く。

「『生活魔法』なら使えるんだけどな～」

ん、ちょっと待てよ？

みんな『生活魔法』を使うことはできるんだ。その延長としてなら『属性魔法』も使えるかもしれない。

「『生活魔法』はみんな使えるんだよね？　一回発動してみようか」

「「「はい！」」」

「それじゃあ、まずは『着火』、次に『飲水』そして『洗浄』の順番で『生活魔法』を使ってみよう」

俺が指先に『着火』の火を灯すと、みんなも同じように指先に『着火』の火を灯していく。

みんなの『生活魔法』の発動のさせ方を見ていると、声を発していることに気付いた。

「みんな、起こしたい事象を口にしなくても魔法は発動することができるよ。今から『着火』の『生活魔法』を使ってみるから、ちょっと見ていてね」

俺は指先にライターほどの火を灯す感覚で『生活魔法』を発動させる。

すると、指先に火が灯った。

「ほらね？　いまのは『生活魔法』の『着火』の発動後を頭の中でイメージしてみたんだ。みんなもやってみてごらん」

そう言うと、三人とも一生懸命に『着火』を発動させようとしている。

しかし、中々、うまくいかないようだ。

呻《うな》りながら『生活魔法』を発動させようとしていた。

すると、レインが指先に火を灯すことに成功させる。

「できた！　できたよ悠斗兄！」

流石はレイン。魔法の練習がしたいと言っていただけのことはある。

俺はレインの頭を撫でると、ケイとフェイに難しい点を聞いていく。

「火を想像するところまではできるけど、その後、どうすればいいかわからない」

「俺も同じかな？　イメージした後が難しいや」

「そっか……」

俺、ケイ、フェイの三人で頭を悩ませていると、レインがやってきた。

「指先に灯る火を想像して、指先から魔力を少しずつ放出するとうまくいく」

ケイとフェイは、レインのアドバイスに従って『着火』を試してみる。

するとすんなり二人とも無詠唱で発動させることができた。

ケイとフェイが嬉しさのあまりはしゃいでいる。

「それじゃあ次に、『飲水』を試してみよう」

『飲水』のイメージは、手の平の上に水を浮かべるようなイメージだ。指先から水を出すイメージでも発動させることができる。

「できた！　悠斗兄、できたよ！」

今度はケイが『飲水』の無詠唱での発動に成功したようだ。

もしかしたら、レインから得たヒントで、なにかコツを掴んだのかもしれない。

続けて『洗浄』の『生活魔法』はフェイが一番早く成功させた。

「みんなよく頑張ったね！　これで魔法名を口にしなくても魔法が発動することはわかったかな？

次は身体強化の魔法を試してみよう」

身体強化といっても、『洗浄』のように魔力を身体に纏わりつかせるだけだ。たったそれだけで、身体能力が驚くほどにアップする。

これについては、みんなうまく発動することができた。

『生活魔法』を活用してのイメージトレーニングが実を結んでいる。

それにしても『生活魔法』がすべての魔法の基本となるとは思いもしなかった。

『火属性魔法』は、生活魔法の『着火』をイメージすることで発動できるし、『風属性魔法』は生活魔法の『洗浄』を、『水属性魔法』は生活魔法の『飲水』をイメージすることで発動することができる。

どうやらみんな、魔法の使い方のイメージをつかみ、他の属性魔法も新たに取得したようだ。

みんなのことを『鑑定』してみると、全員の生活魔法のレベルが5になっていて、しかも元々持っていた属性はLv5に、新たに得た属性もLv3になっている。

そして気付けば、辺りは暗くなっていた。

「そろそろ終わりにしようか。みんな『私の宿屋』に戻るよ」

『影転移《トランゼッション》』で部屋に戻った俺達は、みんなで夕食を食べると風呂に入り、ベッドに身体をゆだねた。

隣のベッドを見ると、みんなスヤスヤと寝息を立てて眠っている。

「それじゃあ、みんな。おやすみ」

そう呟くと、瞼《まぶた》を閉じゆっくりと眠りについた。

9　初めてのフェリー

誰かが俺の身体を揺すっている。

微睡《まどろ》みの中、目をゆっくり開くと、ケイと視線が合った。

「あっ、悠斗兄、ようやく起きた？　ご飯にしようよ〜！」

「えっ、ケイ？　って、いま何時!?」

慌てて時間を確認すると朝九時を過ぎていた。

俺は急いで起き上がり、テーブルで朝食を待っているみんなに対して頭を下げる。

「ごめん！　また寝坊した！」

「悠斗兄も疲れているんだから仕方ないよ」

「でも、お腹空いた～！」

「私も、早く朝ごはんが食べたい」

まさか昨日の失敗を、こんなに早く繰り返すとは……俺は反省しつつも、備え付けのボタンでコンシェルジュを呼び出して、朝食の準備をお願いする。

コンシェルジュが去り際に微笑みながら呟いた。

「承知いたしました。悠斗様、僭越《せんえつ》ながら髪型が乱れていらっしゃいます。朝食の準備には十五分ほど時間がかかりますので、その間に整えてはいかがでしょうか」

「えっ、うわっ!?」

鏡を見ると、昨日、風呂から上がった直後に乾かさずにベッドに入ったためか、髪が爆発して大変なことになっていた。

俺は、朝食を準備してもらっている間に軽く風呂に入ると、髪を乾かしテーブルへと向かう。

席にはちょうどできたばかりの朝食が並べられていた。

コンシェルジュに感謝しつつ、テーブルに着き、みんなで食べ始める。

ここに来てからというもの、出てくる朝食がすべてお子様ランチになっている。

みんなは大喜びだし、久しぶりに食べてみるととても美味しいのだが、なぜかやるせない気持ちになる。

「ふう。美味しかった」

朝食を食べ終え、ゆっくりしているとフェイが話しかけてきた。

「悠斗兄、今日も修業したい！」

すっかりフェイは修業するのが楽しくなっているみたいだ。

「今日は昼から予定があるから、その後一緒にしようね」

「うん。俺、悠斗兄みたいに強い冒険者になるんだ！」

「そっか……」

年の離れた兄弟がいたら、こんな感じなんだろうなと実感する。

そしてなんとなく、もっとちゃんとしなければいけないなとも思った。

少なくとも、何度も寝坊しているようでは面目《めんぼく》が立たない。もう少し頑張らなければ。

すると、フェイに追随《ついずい》してケイやレインもやってきた。

「私も悠斗兄みたいに強くなる」

元の世界では強くなると言われてもなんとも思わなかったけど、この世界では簡単に命の危機に晒されるため、言葉の重みが違ってくる。

「私は魔法をもっと使えるようになりたい」

一方、レインは通常運転のようだ。とはいえ、向上心は大切。その調子で頑張ってほしい。

約束の時間が近づいてきたので、俺はみんなを『私の宿屋』に残して、モンスターの買取金を受け取るため、素材買取カウンターに足を運んだ。

「すみません。素材の買取金の受け取りに参りました」

素材買取カウンターの扉を開くと、ぐったりした様子で机に伏せているマヨットさんの姿があった。

「や、やあ悠斗君……徹夜だったけど、なんとか解体は終わったよ。それで、ちょっと話があるんだけどいいかな？」

「はい。マヨットさんは……大丈夫ですか？」

「ああ、全然、問題ないよ。まずは……はい。これが査定結果ね」

マヨットさんが、査定結果を手渡してくる。

全部で白金貨二百四十枚か。

査定内容を見てみると、ワイバーンが一体当たり白金貨二十枚となっていた。

十体渡したから、ワイバーンだけで白金貨二百枚か。

ワイバーンが思いのほか高かったが、それ以外は他の土地とそう変わらない査定結果だった。

「それにしてもすごいね。ワイバーンなんて初めて解体したよ。この査定結果は、魔石代と解体料込みで計算しているんだけど、どうだろうか？」

そもそも適正価格なんてわからないし、在庫処分のために出したようなものだ。

「わかりました。この金額でお願いします」

「それじゃあ、これが白金貨二百四十枚ね」

マヨットさんから白金貨を受け取ると、それを収納指輪に収納する。

「それと、悠斗君。規定のモンスター討伐を確認したことにより、君はEランク冒険者に昇格だ。おめでとう」

「えっ？　前に素材買取カウンターに持って行った時には、そんな話ありませんでしたけど？」

「まあ普通の冒険者は、冒険者ギルドで依頼を受けてから素材買取カウンターに討伐したモンスターを持ってくるからね。でも、君の場合はそうしていないでしょ？」

言われてみればその通りだ。

指名依頼を避けるため意図的に冒険者ギルドで依頼を受けず、素材買取カウンターに持ち込んでいた。

「まあ、指名依頼が嫌でランクを上げない冒険者も多いからね。でも指名依頼があるのはCランクからだよ。討伐報酬も上がるし、Dランクくらいまでならランクを上げてもいいんじゃないかな？」

そういうことならランクを上げるのも悪くはないだろう。

「そうですね。ありがとうございます」

「いや、そう言ってもらえてよかったよ。相手が低ランクだと侮って喧嘩を売りに行く冒険者が多いんだけど、あえてランクを上げない者に返り討ちにされることがあるんだ。そういう諍《いさか》いはなかなかなくならなくてね」

その言葉を聞いて、新人に誰彼構わず突っかかっていたカマ・セイヌーの顔が頭を過《よぎ》った。

「それじゃあ、ギルドカードを貸してもらえるかな？　ここでもランクアップ手続きができるからさ。あと、この常設依頼にサインをくれるかい？　一応体裁は整えておかないといけないからね」

マヨットさんは、ゴブリンやオーク、ワイバーン討伐などの常設依頼五十枚を受付に積み上げサインを書くよう促してきた。

「こ、こんなにサインをするんですか……」

体裁を整えるためとはいえ、量が多すぎる。

「これぱかりは仕方のないことだと思って諦めて。すぐにギルドカードの更新をするから、その間にお願いね」

俺からギルドカードを受け取ったマヨットさんは機械にギルドカードを通し、更新手続きを進めていく。その合間にひたすらサインを書いていると、ふと気になったことがあったので尋ねてみた。

「そういえば、いいんですか？　二週間依頼を受けていないEランク以下の冒険者は依頼の受注も買取もしてもらえないんじゃ……」

「えっ？　なんだいその馬鹿みたいな通達は？　グランドマスターが出した通達かい？」

「いえ、アゾレス王国のギルドマスターが出した通達みたいですけど」

「それじゃあ問題ないよ。グランドマスターが出した通達ならともかく、各国のギルドマスターの権限なんてその国の中でしか通用しないからね」

「そうなんですか？」

どうやらアゾレス王国のギルドマスターが出した通達は、この国では適用されないらしい。

ギルド全体を束ねるグランドマスターが出したものだと、冒険者ギルド全体で適応されるようだ。

「はい。これがEランクのギルドカードだよ」

マヨットさんからギルドカードを受け取ると、収納指輪に収め、立ち上がる。

「ありがとうございます。じゃあ、これで失礼します」

「ああ、またの利用を待っているよ」

「はい。色々とお世話になりました」

素材買取カウンターを後にすると、次に『私の商会』に向かう。

その道中、『私の商会』の前で、支店長のガルバさんが待ち構えているのが目に入った。

「あれ、ガルバさん？」

「おお、悠斗様。お待ちしておりました。どうぞ中にお入りください」

ガルバさんに言われるがまま、中に入りソファーに腰かけた。

すると今回の査定額について話し始めた。

「今回の査定額についてですが、解体手数料や魔石込で白金貨八千枚でいかがでしょうか？」

前回のアゾレス王国でマスカットさんに納品したのと同じ量だったはずだが、ニーズヘッグやヒュドラ、ゴールドシープといった稀少なモンスターがいないためか、査定金額は低めだった。

とはいえ、それでも白金貨八千枚はある。十分過ぎるほどの金額だ。

「わかりました。その査定額でお願いします」

「ありがとうございます。それでは、こちらが白金貨八千枚になります」

お金を受け取り収納指輪に収納すると、ついでに塩胡椒《しおこしょう》などの調味料や野菜、肉や酒、体力試験用の器具なども購入し収納指輪に収める。

「いや、それにしても、いい取引をさせていただきました」

ガルバさんは終始笑顔だった。

俺はそんなガルバさんにお礼を言い、『私の商会』を後にする。

子供達のいる『私の宿屋』に戻ると、またもや、子供達がタックルをキメてくる。

「悠斗兄、遅い！」

「森に行こうよ！」

「魔法の練習がしたい……」

まるで、初めて玩具を手にしたようなテンションだ。

「わかった。わかった。よし、それじゃあ森に行こうか！」

そういうと、俺達は『影転移《トランゼッション》』で近くの森に転移する。

辺りを探ると、モンスターが少し復活していた。

これなら子供達の的当ての練習台を手に入れられそうだ。

「それじゃあ今回は、モンスターを倒してもらおうかな」

魔法がどれほど危険なもので、どれほどのダメージを相手に与えるのか。

これを知っているのと知らないのとでは、今後の考え方に大きな違いができる。

森の中を『影探知《サーチ》』すると、数体のオークを捕捉した。そのままいったん酸素ありの『影収納《ストレージ》』に収納していく。

「それじゃあ、これからモンスターを出すよ。油断せず、魔法を当てるようにね」

「「「わかった！」」」

いい返事だ。

みんなの戦闘準備が整うのを待ち、捕らえたオークを『影収納《ストレージ》』から出していく。

もちろん、安全のため『影縛《バインド》』で縛ることも忘れない。

「それじゃあ、まずはケイから魔法を使ってみよう。『火属性魔法』であのオークを倒してみようか」

「うん！」

ケイはオークに向けて手をかざし、『火属性魔法』の『火球《ファイアーボール》』を発動させる。

すると、『生活魔法』の『着火』とは比べ物にならないくらい大きな火の玉が、ケイの手から現れ、オークの顔面へと向かっていく。

オークも『火球《ファイアーボール》』を避けるため身体を必死に動かそうとするが、『影縛《バインド》』で縛られているため動かすことができない。

ボンッという音とともに『火球《ファイアーボール》』がオークの顔面に直撃した。

しかしあまり威力はなかったようで、オークはピンピンしている。

「少し威力が弱かったみたいだね。もう少し強めに魔法を使ってみようか」

「うん。わかった！」

ケイは手の平をオークに向けると、強めに魔力を込め今度は爆発系の『破裂《バースト》』という魔法を唱えた。

ケイにはまだ『破裂』のイメージがあまりないようで、詠唱しないと発動させることが難しいらしい。しかし、威力は抜群だった。

ケイが『破裂《バースト》』の魔法を唱えると、オークの頭部が光り輝きボォーンという爆発音とともに吹っ飛んだ。

この威力を見ると『破裂』というより『爆発《エクスプロージョン》』のような魔法名に変えた方がいいような気がする。

ともあれ、俺はケイを褒めた。

「頑張ったね、ケイ。ただ『破裂《バースト》』は人に向けて放ってはいけないよ？　人はモンスター以上に弱い生き物だからね。多分、あれを喰らったら死んじゃうと思うんだ。だから場面をちゃんと選んで使うこと。わかったね？」

「うん。わかった！」

本当にわかっているかどうかはわからないが、いい返事だ。

ケイの放った『破裂《バースト》』によって倒されたオークを収納指輪に収めると、『影収納《ストレージ》』から捕らえたオークを出していく。

「それじゃあ、次はフェイの番だね。フェイは剣術が使えるから、この木剣に『風属性魔法』を纏わせて使ってみよう」

「はい！」

木剣を渡すと、フェイはそれを構える。

「まずはオークに魔法を当ててみようか」

「はい！」

フェイは一旦剣を下ろした後、もう片方の手の指を刀のように揃えて伸ばし、オークに向けて『風属性魔法』の『風の刃《ブレード》』を発動させた。

フェイの手に風が集まったと思えば、その風はオークの右肩へと向かっていった。

オークは迫りくる『風の刃《ブレード》』から逃れようとするが『影縛《バインド》』で縛っておいたので動くことができない。

スパッという風切音とともに『風の刃《ブレード》』がオークの右肩に当たり、オークの腕を落としていく。

「グギャアアアアア！」

オークは右肩を失ったことによる痛みと怒りで叫び出す。

「よし、次は木剣に『風属性魔法』を纏わせてみよう！」

「はい！」

フェイは木剣に魔力を流しこむと、『風属性魔法』の『風纏《ウェア》』を纏わせオークに斬りかかっていく。

『風纏《ウェア》』を纏わせた木剣は、当たった箇所を起点として、オークをズタズタに切り裂いていく。

非常にグロい……子供にこんなスプラッターなことをさせていいのだろうかと心配になってくる。

フェイを見てみると、まさかこんな感じになると思わなかったのだろう。「ヒッ！」と声を上げ、現場から離れていく。

　これは教育上よろしくない。フェイには申し訳ないことをしてしまった。

　俺はズタズタとなったオークを収納指輪に収めると、フェイに声をかける。

「フェイ、ごめんね。ま、まあフェイの魔法も人に向けて発動したら駄目ということがわかってくれたかな？」

「う、うん……」

　あっ、駄目だこれ。絶対トラウマになっている。夢に出る奴だよ、これ。

　仕方がない。今日はみんなで一緒に寝ることにしよう。

「それじゃあ、最後にレイン！　オークを『水属性魔法』で倒してみようか」

「うん……」

　レインの準備が整うのを待ち『影収納《ストレージ》』から捕らえたオークを出していく。もちろん、安全のため『影縛《バインド》』で縛ることも忘れない。

　レインはオークに向けて手を翳し、『水属性魔法』を重ね合わせ発動させる。

「『水球《ウォーターボール》』……『水纏《ウェア》』」

　どうやらレインは二つの魔法を組み合わせて使ったようだ。

　レインの手から放たれた魔法はオークの顔面に命中してからも、顔を包み込むような形で空中に留まり続けている。

　少し待つと、オークは窒《ちっ》息《そく》し動かなくなった。

静かながら、非常に強力な魔法である。俺自身も、あれをやられたらパニックに陥ること間違いなしだろう。

「えーっと、レイン？　この魔法も人に使っちゃ駄目だよ？　魔法の凄さが伝わりにくいかもしれないけど、アンデッドならともかく人やモンスターは息ができないと死んじゃうからね。わかった？」

「うん……わかった」

表情がわかりづらい子なので、本当に理解してくれたかは疑問だが、信じるしかない。

それほどまでに、レインの魔法は強力だった。

俺はレインの倒したオークを収納指輪に収めると、ゆっくり顔を上げる。

「今日はここまでにしよう！　けっこう疲れたんじゃないかな？」

魔力や体力というより精神的な疲労が大きそうだが……

「「「うん。今日はもう宿に帰る」」」

子供達は元気がなかった。

『影転移《トランゼッション》』で『私の宿屋』の部屋に戻ると、ポーション風呂に入り、身も頭の中もサッパリさせる。

寝る間際、ケイやフェイ、レインが俺の袖にしがみついてきた。

おそらく今日の特訓での出来事がトラウマになっているのだろう。

俺自身も爆発したオークが頭から離れない。みんなで布団に入ると、「おやすみ」と声をかけ、眠りについた。

「う、う～ん。えっ？」

朝目覚めると、子供達が俺の顔を覗いていた。

どうやら、俺が起きるのを待っていたらしい。

「「「悠斗兄！　おはよ！」」」

「ケイ、フェイ、レイン、おはよう。朝ご飯にしようか」

みんなに視線を向けると、心なしかスッキリとした表情に見える。どうやら怖い夢は見なかったようだ。

俺なんて、初めてマデイラ大迷宮の墓地フィールドに潜ったその日、かなり怖い夢を見て飛び起きたというのに……強い子達である。何なら昨夜も少し魘《うな》されてしまった。

みんなで朝食を食べ終えると、出発の準備を始めた。なにせ今日はフェリーに乗り王都へ向かう日だ。

移動は大体一日とのことだが、王都に着いてから『私の宿屋』に泊まれるかはわからない。

とりあえずコンシェルジュを呼び、三日分のお弁当を手配してもらった。

「さあ、そろそろ入国門へ行こうか」

お弁当を受け取りチェックアウトした後、俺達は入国門にあるフェリー乗り場に向かった。

フェリー乗り場に着くと、既にフェリーが停まっている。

フェリー自体は元の世界のものと似ているが、こんなに間近で見るのは初めてだ。

「おお～、これがフェリーか！」

「「「おお～！」」」

子供達もだが、実は俺もちょっとテンションが上がっている。

乗り場の横には、あの受付のおばあさんがいた。

「それじゃあ、コインを人数分出しな」

俺は先日受け取ったコインを人数分渡すと、フェリーに乗船し四人一部屋の客室に案内される。

どうやら受付のおばあさんが配慮してくれたようだ。

客室に入ると、子供達みんながはしゃぎだした。

「悠斗兄！　フェリーの中を見て回ってきてもいい？」

「「私も行くー！」」

「それじゃあ、みんなでフェリーの中を探索しよう」

子供達だけで広い船内を回るのは心配だったので、俺もついていく。

俺達がフェリーのあちこちを探索していると、ブオォォォォという汽笛《きてき》とともにフェリーが動き出した。

「悠斗兄！　動き出したよ！」

風を受けながら進むフェリーに、流れていくスヴロイ領の町並み。

景色を眺めながら水路を走るのがこんなに気持ちいいとは思わなかった。

しばらくの間フェリーを探索していると、子供達が船底で水中観光ができるスポットを発見した。

「悠斗兄！　見てみて！　外に魚が見えるよ！」

「おっ、本当だ！」

このフェリーは乗客が飽きないような娯楽施設のようなものも色々とあるようだ。

そのスポットから見る水中はとても綺麗で、様々な魚や亀などが泳いでいた。

「うわぁ～、とっても綺麗だね」

水中の観光を楽しんだ俺達は、次に売店に向かうことにした。

この売店には、銀貨一枚を入れると豪華賞品が当たるかもしれない『セレブリティガチャ』というチャレンジガチャが設置されているようだ。

しかも一等は魔剣、二等はフェリー年間パスポートという豪華さだ。

三等は幸運のミサンガというものだが、装備しても幸運値が上がるわけではない。

商品の名称が幸運のミサンガとなっているだけのいわゆるハズレである。

セレブリティガチャの隣に置いてあるカプセル入れには、凄まじい数のカプセルの残骸とハズレアイテムであろう幸運のミサンガが大量に入っている。

「悠斗兄！　あれなに？」

「私もあれやりたい！」

「私も……」

「せっかくだし、このガチャ回してみようか！」

俺は子供達みんなに銀貨を一枚ずつ渡すと、順番にセレブリティガチャを回すことにした。

ケイ、フェイ、レインと順番に回すが、銀貨一枚を代償に子供達全員が幸運のミサンガを手に入れたようだ。

「「「悠斗兄！　もう一回！　もう一回!!」」」

ハズレを引いた子供達みんなは、『もう一回』の大合唱である。

たしかに子供達からしてみれば、ハズレを引くのは悔しいことだろう。しかしここでまた銀貨一枚を注ぎ込んでも多分、同じ結果が繰り返されると思われる。

「それじゃあ、俺がハズレを引いたら、もう一度引かせてあげるよ」

ハズレを引いたら、多分俺もみんなと同じ心境になると思う。

予防線を張っておかなければ、示しがつかない。

「それじゃあ、いくよ」

銀貨一枚をセレブリティガチャに入れ勢いよく回すと、黒色のカプセルが出てくる。

これまでと同じ仕様に残念な気分でカプセルを開くと、そこには一等の魔剣交換券が入っていた。

ＬＵＫが大活躍である。

俺は驚きながら、その券を売店に持っていく。すると、受付のおばちゃんが「はい、魔剣ね」と禍々しい装飾の施された魔剣を渡してきた。

えっ、そんなにふわっとした感じで魔剣って渡されるもんだっけ？

魔剣だよね、これ？

早速、魔剣を鑑定してみるとこんな感じだった。

魔剣ガンバラナイト
効果：頑張る人にだけ力を与える魔剣。攻撃力は皆無。
頑張る人が使って初めて剣としての力を発揮する。

どうやら、一等の魔剣も見かけだおしのクソアイテムらしい。

なんだよ『魔剣ガンバラナイト』って……いやホント頑張れよ。魔剣として……

正直、使うのであれば木剣の方がまだマシだ。

『鑑定』スキルのある俺だからこそ、こんな憤りを覚えたが、『鑑定』を使えない子供達は違う様子だ。キラキラとした瞳で、魔剣ガンバラナイトに視線を向けている。

「悠斗兄！　俺にも魔剣使える？」

「悠斗兄！　私も魔剣使いたい！」

「そんなことはどうでもいいから、ガチャ引きたい……」

ただ一人、レインだけは魔剣よりもガチャに夢中だった。

試しに『魔剣ガンバラナイト』をフェイに握らせてみる。

「悠斗兄、魔剣に魔力を流してもいい？」

「うん。いいよ」

クソアイテムとはいえ、魔剣の一種。魔力を流すくらい問題ないだろう。

しかし、ここで予想だにしないことが起こる。フェイが魔剣に魔力を流し込むと、魔剣にヒビが入ってしまったのだ。

どうやら魔剣はフェイの魔力に耐えることができなかったらしい。

本当に木剣にも劣る性能である。

「悠斗兄。私、ガチャ引きたい」

くいくいと、袖を引っ張ってくるレインに負け、銀貨一枚を提供する。

レインは早速目を輝かせて、再びセレブリティガチャを回していた。

しかし、出てきたものを見てすぐに表情が曇っていく。どうやらまた幸運のミサンガを引いたらしい。珍しく地団駄《じだんだ》を踏んでいる。

とりあえず、壊れた『魔剣ガンバラナイト』を収納指輪に収納すると、ガチャの結果にガッカリする子供達の頭を撫でる。

「みんなが引いた幸運のミサンガを貸してくれるかな？」

「えっ？」

「いいよ？」

「でも、これどうするの？」

「こうするのさ」

子供達から幸運のミサンガを受け取った俺は、『付与のブレスレット』の力を使い、幸運のミサンガに『聖属性魔法』を付与していく。

『鑑定』スキルで幸運のミサンガを鑑定してみると、こう表示された。

幸運のミサンガ

効果：聖属性魔法を使用できる。

「幸運のミサンガに『聖属性魔法』を付与したよ。これを身に着けていれば、その内、これがなくても『聖属性魔法』も使えるようになるかもしれない。大切に使って――ぐふっ！」

『聖属性魔法』を付与した幸運のミサンガを手渡すと、子供達が俺に対してタックルしてきた。

もう少し穏やかな愛情表現はないのだろうかと思いつつ、直接的に喜びを表現してくれる子供達がとても可愛らしい。

「「悠斗兄。ありがとう！　一生の宝物にするね」」

「そう言ってもらえると嬉しいよ。それじゃあ、今度は、別の場所を回ってみようか」

「「うん」」

ガチャの内容は散々だったけど、フェリーの中でひとついい思い出ができた。

10　王都ストレイモイ

フェリーに乗ってから一日が経つ頃には、王都ストレイモイが見えてきた。

王都ストレイモイには、フェロー王国の人口の約四十パーセントもの人が住んでおり、その中心部に魔法学園が存在する。

フェリーから見える王都は実に賑やかだった。

「本日はフェリーのご利用、ありがとうございました。こちらをどうぞ」

「あ、はい。ありがとうございます」

フェリーを降りたところで、乗務員さんが『王都の歩き方』という旅行ガイドブックをくれた。

「それじゃあ、『私の宿屋』に向かおうか。その後で王都を散策しようね」

ガイドブックによると、王都ストレイモイを代表する大通りに『私の宿屋』があるようだ。

早速、みんなとともに『私の宿屋』に向かうことにした。

しばらく歩いていると、挙動不審な男がこちらに向かってきた。

『悠斗……あの男……気を付けて。ぶつかって……難癖《なんくせ》つけるつもり』

久しぶりに、ペンダントの精霊さんと喋った気がする。

「教えてくれてありがとう。精霊さん」

『悠斗さえ無事ならそれでいい……子供達も気を付けて』

とても優しい精霊さんである。

いつも助けてくれるし、お礼できるならいつかしたいものだ。

「みんな、聞いて……」

精霊さんが教えてくれたことをみんなに伝えると、さり気なく俺の背後に移動してもらう。

しかし、万が一ということもある。もし子供達に傷一つでもつけようものなら地獄を見せてやろう。

そんな気持ちで、挙動不審な男がぶつかってくるのを待ち構える。

男は交差する瞬間、不自然に身体を傾かせ肩をぶつけようとしてきたが、俺は子供達とともに『影転移《トランゼッション》』で男の背後に転移する。

すると、その直後に派手な音を立てて男が転倒した。

「へぶあっ⁉」

どれだけ強くぶつかろうとしたのだろうか。男は勢いそのままに地面に衝突し、何が起きたかもわからず呻《うめ》いていた。

「うぅ……っ」

「それじゃあ、行こうか」

その様子を俺達は何事もなかったかのようにスルーし、『私の宿屋』に向け歩を進める。

すると、別の男が行く先に立ち塞がり、声をかけてきた。

「よう、兄ちゃん。俺の舎弟が世話になったたな」

本来であれば最初の男がぶつかって、目の前の男がその慰謝料を請求するという当たり屋的な行為をしようとしたのだろう。

しかし残念ながら、傍から見たら、馬鹿な男が地面に向かって衝突しただけである。

「えっと、どちら様でしょう。舎弟ですか？　別に世話なんてした覚えはありませんけど？」

「なっ……えっ!?」

男は、地面に倒れた男と俺を交互に見比べ狼狽《ろうばい》する。

「あっ、あれ～お兄さん。舎弟にぶつかって、こいつの骨折らなかった？」

「大丈夫です。その舎弟さんは俺にぶつかったのではなく、地面に倒れ込んだだけです。骨を折っているかもしれないので、介抱してあげてください」

俺がそう言うと、男は地面に転がる男の元へ慌てて駆け寄っていった。

変な茶番に、時間を取られてしまった……

「悠斗兄！　あれ、なにやってたの？」

一連の茶番を見ていたフェイがそう聞いてくる。

「う～ん。なんだろうね？　漫才……かなぁ？」

「漫才？」

「まあ、あの人達のことは置いておいて『私の宿屋』に向かおうか」

『私の宿屋』はすぐに見つけることができたが、中は超満員だった。人という人が列をなして並んでいる。

これは部屋が空いてないかもしれないな。

ダメ元で列に並び、数十分経ったところで、「次の方～」と声がかかった。

マスカットさんから貰った特別会員カードと名刺を受付の男性に見せた途端《とたん》、男性の表情が変わる。

「ゆ、悠斗様ですか。会頭よりお話は聞いております。お待ちしておりました。こちらのカードキーをどうぞ。それでは、特別室に案内させていただきます」

受付の男性から部屋のカードキーを受け取って、特別室へと案内される。

「ここは当ホテル自慢の一室となっております。どうぞ、ごゆっくりお過ごしくださいませ」

「はい。ありがとうございます」

部屋は特別室というだけあって広かった。内装も凝っていて、風呂場も広い。

あの並びっぷりから今日は宿屋に入れないかも、と思っただけに助かった。

「それじゃあ、魔法学園について情報収集してくるから、ここで待っててね」

「「うん。行ってらっしゃい」」

俺は魔法学園の情報を収集するため、子供達を部屋に残して冒険者ギルドに向かうことにした。

「立派な建物だな……」

王都の冒険者ギルドだけあって、格式高く、随分としっかりした建物だ。

中に入り、受付に並ぶこと数十分、ようやく順番が訪れる。

受付嬢さんが俺を見て笑みを浮かべる。

「ようこそ、冒険者ギルドへ。本日はどのようなご用件でしょうか」

「はい。魔法学園について教えていただきたいのですが」

「魔法学園についてですか？　例えばどのような情報をお求めでしょう」

「入学試験の日程や入学資格などについて教えてください」

「少々、お待ちください……あっ、ありました。ティンドホルマー魔法学園の入学試験は三週間後、一週間にわたり行われます。入学資格といえるかはわかりませんが、入学するには王都に住所を持つことを必須条件とされており、試験の結果により、普通枠と特別枠の入学枠がございます」

何かの書類を見付けてきた受付嬢さんが説明してくれた。

「普通枠と特別枠？」

「はい。普通枠の場合、入学金として白金貨十枚ほどかかるのに対し、特別枠は入学金が無料となります。また、入学後に生活する寮についても、特別枠の場合、入寮後の費用も学園持ちとなります」

「そうですか、ありがとうございます」

とりあえず、いち早く何とかしなければいけないのは住所だな。

せっかく資金は潤沢《じゅんたく》にあるわけだし、そろそろ家を買ってもいいかもしれない。

受付の女性にお礼を言うと冒険者ギルドを後にし、今度は商業ギルドへと向かうことにした。

王都の商業ギルドは、冒険者ギルドと競うかのようにその真正面に建っている。

早速俺は受付に向かって、用件を伝える。

「魔法学園に近い場所にある家が欲しいんですけど……」

そう言うと、受付の女性が俺に視線を向け、怪訝《けげん》な表情を浮かべた。

「失礼ですが、商業ギルドのギルドカードをお持ちでしょうか？」

「はい。持っています」

俺はギルドカードを収納指輪から取り出すと受付の女性に渡す。

「Cランクの佐藤悠斗様ですね。ご予算はどのくらいをお考えでしょうか？」

「そうですね。白金貨一千枚を考えています」

そう言うと、受付の女性が、顔を引き攣らせる。

「し、白金貨一千枚ですかっ⁉　少々お待ちください！」

そう言って、受付の女性は奥の階段へと走っていった。

見た目子供の俺が、大金を持って家を買いたいと言えば、驚くのは無理ないだろう。

それから数分、一人の女性を連れて受付の女性が戻ってきた。

「大変お待たせいたしました、悠斗様。こちらは当ギルドのギルドマスター、ミクロです」

「ミクロと申します。今回、悠斗様は魔法学園近くにある家の購入を検討されているとお聞きしました。個室で詳しくお伺いしてもよろしいでしょうか？」

「はい。よろしくお願いします」

ギルドマスターなのに随分と丁寧な態度だ。

個室に案内されて、ソファに腰を据えたところで、ミクロさんが話しかけてくる。

「まずは悠斗様。本日は、当ギルドをご利用いただきありがとうございます。悠斗様の話はアラブ・マスカット会頭より聞いております」

どうやらミクロさんの態度はマスカットさんが原因のようだ。

「そうですか、マスカットさんから……改めまして、佐藤悠斗と申します。それで、いい物件はありますでしょうか？」

そう問いかけると、ミクロさんはテーブルに王都の地図を広げる。

「それでしたら、こちらの物件はいかがでしょうか？」

指でさされた箇所を見てみると、魔法学園にかなり近い立地のようだ。

「こちらの建物は他国の貴族が持っていた別荘で、築年数一年未満と大変お買い得となっております」

「貴族が持っていた別荘ですか……」

貴族か……面倒事が起こる予感しかしない。

「ええ、なんでもクロッコとかいう他国の没落貴族から国が接収した別荘のようです」

クロッコ？　どこかで聞いたような……まぁいいか。

それに立地は申し分ない。後は、購入金額についてだけど……

「わかりました。金額はいくらくらいでしょうか？」

「そうですね。広い庭のある建物となりますので、白金貨一千枚となります」

予算額ピッタリである。

「それでは、これでお願いします」

俺がそう言うと、ミクロさんが契約書を取り出した。

「ありがとうございます。それでは、こちらが建物の売買契約書となります。この項目にサインをお願いします」

俺はペンを受け取ると、魔力を込めながら契約書にサインしていく。

そして収納指輪から白金貨一千枚を取り出し、契約書と一緒にミクロさんに渡した。

「それでは契約書と白金貨の枚数を確認させていただきます」

白金貨一千枚ともなると、数えるのが大変そうだ。

ミクロさんは一枚一枚、白金貨を入念に確認していき、最後に笑みを浮かべた。

「たしかに、白金貨一千枚を確認させていただきました。それではこちらをご受領ください。契約書の控えと鍵になります」

ミクロさんから契約書の控えと鍵を受け取ると、そのまま収納指輪に収納していく。

「これでこの物件は悠斗様のものです。他になにか質問はございますか？」

「そうですね……土地や建物に税金はかかりますか？」

元の世界には固定資産税という税金が存在した。この世界にもあるのだろうか？

「いえ、売買時にのみ税金がかかるだけで、購入した後、税金を納めることはありません」

なるほど、所有してからはお金を払う必要がないのか。

「悠斗様、よい取引ができました。この物件のことでなにかお困りのことがあれば、すぐに商業ギルドまでお問い合わせください」

「はい。その時は、よろしくお願いします」

商業ギルドを出る際にミクロさんにお礼を言い、購入した物件へと向かう。

地図を頼りに物件に来てみると、そこには広い庭のある大きな邸宅が建っていた。

流石は貴族が持っていた別荘である。滅茶苦茶広い。

邸宅の中に入った後、辺りを見回すが、誰も住んでいなかったはずなのに、埃《ほこり》が一切溜まっていない。新築といってもいいほどの状態を保っていた。

建物に対して『鑑定』して見て分かったことだが、この家全体に『状態保存』の魔法がかけられていた。

俺は綺麗に家を保ってくれていたことに心の中でお礼を言い、建物全体に警備用の『影精霊《スピリット》』を付与したところで、『私の宿屋』に戻ることにした。

これでもし侵入しようとした者がいた場合、『影精霊』が顕現して撃退してくれるはずだ。

「「悠斗兄！　おかえり！」」

「うん。ただいま。そろそろご飯にしようか」

邸宅を購入した後もちょっと店を見て回ったりしていたら、宿に戻る頃には夕食の時間になってしまっていた。

俺は備え付けのボタンでコンシェルジュを呼び、夕食の準備をお願いする。

十数分で夕食の準備が整い、子供達とともにテーブルを囲んで、食事を摂ることにした。

王都に来て初の料理は、海鮮の盛り合わせとサラダ、干したラム肉とリゾットのようだ。

夕食を美味しくいただいた後、魔法学園について話すために子供達を呼ぶ。

「ケイ、フェイ、レインには、三週間後にティンドホルマー魔法学園の入学試験を受けてもらうからね？　でも試験といってもそんな難しい内容じゃないらしいから緊張しなくても大丈夫だよ」

「試験はどんなことをするの？」

「魔法学園の試験は、魔力測定、的当て、体力測定の三つらしいよ。みんなの実力なら問題なく入学できると思う」

そう太鼓判《たいこばん》を押すと、子供達が喜び出した。

「「「やった〜！　魔法学園に入学できる！」」」

相当興味があったのだろう。子供達のはしゃぎっぷりが凄い。

「とはいえ、油断禁物だよ？　明日から新しい家で修業をつけるからそのつもりでね」

「新しい家？」

そういえば、家を購入したことをまだ言っていなかった。

「うん。そうだよ。みんなで住むための家を購入したんだ」

「家を買ったの⁉」

「高かったでしょ⁉」

「凄い！」

「そ、そう？　そう言ってもらえると、買った甲斐《かい》があったかな？」

目を輝かせる子供達にたじたじになる。

「明日の昼から『私の宿屋』のご飯とはしばらくお別れになるから、今のうちに味わっておくんだよ」

「「うん！」」

しかし、明日から自炊か……大丈夫だろうか。

そんなことを思っていると、子供達が眠そうに目をこすっていた。

「もう八時だし眠いよね。お風呂に入っておいで」

「「うん……」」

子供達を風呂に入れ、俺もその後、風呂に入ることにした。

風呂から出て、髪を乾かすと、ベッドの上で横になっている子供達の姿が視界に入る。

みんなもう眠っているようだ。

フェイに至っては、腹を出しながら眠っている。

「みんな、おやすみ」

そう呟くと、フェイに毛布を被せ、俺も睡眠をとることにした。

「悠斗兄！　起きてっ！」

「早く、新しい家に行こう！」

「私は朝ごはんが食べたい」

翌日、目を覚ますともう子供達が起きていた。

どうやら新しい家に興味津々のようだ。

俺達は朝食を食べると、この宿最後のポーション風呂に入り、購入した家に向かうことにした。

「あれ、誰かいるみたいだよ？」

商業ギルドで購入した家に来てみると、ボコボコになって縛られた状態の人達を発見する。

「本当にね。泥棒さんかな？」

どうやら、無理に邸宅に入り込もうとして『影精霊《スピリット》』に撃退されたらしい。

どうしようかと困っていると、偉そうな男が唾を飛ばしながら話しかけてきた。

「おっ、おい。貴様、私はクロッコ男爵だぞ！　お前かっ！　私の別荘に物騒な仕掛けを施したのはっ⁉」

まさかの本人のお出ましである。

「すみませんが、兵士さんを呼ぶまでの間、その体勢で待ってもらえますか？　えっと、なんていうか不法侵入なので……」

「なっ、なにを言うか！　ここは私のモノだ！　なぜ、この私がそんなことを言われなければならない！」

俺の言葉に、クロッコ男爵はかなりお怒りのようだ。

「この邸宅は、昨日、商業ギルドから購入したものです。既にあなたの邸宅ではありません」

そう伝えると、クロッコ男爵はギリギリと歯を噛む。

「貴様っ！　私が貴族と知って、まだその態度を貫くか！」

「はい。商業ギルドでは没落貴族と聞いていますので」

クロッコ男爵は、没落貴族という言葉に相当ショックを受けたらしい。

手と身体がフルフルと震えている。

「き、貴様……平民ごときが貴族に向かってなんという言い草！」

すると我慢の限界を超えたのか、『影精霊《スピリット》』の拘束から逃れ、クロッコ男爵が襲いかかってきた。

「誰が没落貴族だ！　私の別荘を返せ！　ぐえっ！」

しかし『影精霊《スピリット》』がクロッコ男爵の顎にアッパーカットを喰らわせ、すぐにクロッコはのされてしまった。

一瞬だったが、『影精霊《スピリット》』の拘束から逃れたのは本当に凄いと思いつつ、逃げられても困るので、クロッコ男爵達を酸素ありの『影収納《ストレージ》』に沈める。

そしてそのまま、彼らを引き渡すため、兵士の元へ向かおうとした時、ペンダントの精霊さんが話しかけてきた。

『兵士に引き渡すの止めた方がいい……冒険者ギルドもダメ……商業ギルドが一番いい』

「なんで兵士や冒険者ギルドはダメなの？」

『こいつらの協力者がいる……だからダメ……』

なるほど、そいつらが出張ってきたら、さぞかし面倒くさいことになるだろう。

「わかった。それじゃあ、商業ギルドに引き渡すことにするね」

『うん。それがいい……』

俺はペンダントの精霊さんとの話を終えると、子供達に向き直る。

「それじゃあ、みんなは先に家の中に入っててね。俺はこの人達を商業ギルドに引き渡してくるから」

俺は子供達を邸宅内に入れると、クロッコ男爵を引き渡すため、商業ギルドに向かうことにした。


「すみません。ギルドマスターのミクロさんはいらっしゃいますか？」

商業ギルドに着いてすぐ、受付の女性にミクロさんと話をしたい旨を伝える。

「どのようなご用件でしょうか？」

「昨日購入した物件についてです。ミクロさんを呼んでいただけますか？」

「少々お待ちくださいませ」

そう言うと、受付の女性は席を立ち、ミクロさんを呼びに行く。

数分待つとミクロさんが階段から降りてこちらにやってくる。

「悠斗様、お待たせして申し訳ございません。昨日は物件のご購入ありがとうございました。それで、なにか不備でもございましたでしょうか？」

「実は、昨日お話のあった没落貴族が、『ここは私のモノだ！』と押しかけてきまして……」

話を聞くうちに、ミクロさんの眉間《みけん》に皺《しわ》が寄っていく。

「悠斗様、その没落貴族はいまどこに？」

「俺のスキルで捕らえたので、ここにいますが……」

影を指差すと、ミクロさんの眉間の皺がさらに深いものになっていく。

「悠斗様……私は冗談を聞きたいわけではないのですが……」

こちらも冗談なんて言っていない。

「こちらも冗談を言っているつもりはないのですが……」

説明するのが面倒臭くなった俺は『影収納《ストレージ》』から没落貴族のクロッコを取り出した。

それを見て、ミクロさんは目を丸くする。

「この人が、今お話しした没落貴族です」

「し、失礼いたしました。少々お待ちくださいませ！」

ミクロさんはそう言って貴族名鑑――この国の貴族またはこの国の土地を購入している貴族が載っている厚みのある本を取り出し、クロッコ男爵のページを探し始めた。

「こ、これはっ……」

ミクロさんが、とあるページの顔写真とクロッコ男爵の顔を見比べ、頭を抱えている。

「この度は申し訳ございません。クロッコ元男爵が、カルミネ盗賊団の団長であると判明したため、土地と建物を接収したのですが……」

そういえば、アゾレスにいた時にカルミネ盗賊団のボスが男爵だという話を聞いたのを思い出した。だから名前に聞き覚えがあったのか。

しかしわざわざフェロー王国までやってくるとは……

ミクロさんは続けて説明する。

「どうやら冒険者ギルドで指名手配されたことにより、こちらに逃げてきたようですね」

あ、クロッコが逃げ出したってことは、もしかしたらハメッドさんの馬車を襲っていた盗賊も、カルミネ盗賊団の一味だったかもしれないな。

「そうだったんですね。他にも屋敷にいたカルミネ盗賊団と思《おぼ》しき人達を捕らえているのですが、引き取ってもらえますか？」

「もちろんでございます」

俺の提案にミクロさんがそう返すのとほぼ同時に、商業ギルドに乱入者が現れた。

「おい！　ギルドマスターはいるか！」

ミクロさんは俺の目の前で舌打ちをすると、入ってきた男を睨み付ける。

どうやら話に割り込まれたのが気に入らなかったらしい。

「どちら様でしょうか？」

ミクロさんの笑顔が怖い。

「なぜクロッコ男爵が捕縛されている！　不敬であろう！」

俺も振り返って確認すると、格好からしてこの国の兵士のようだった。

「大方、そこの子供がなにかを言ったのだろうが、子供の戯言《ざれごと》を真に受けるなど正気の沙汰《さた》ではない！　仮にも貴族であるクロッコ男爵にあまりに不敬である。即刻、彼を解放しろ！」

しかしそれに対して、ミクロさんが反論する。

「あなたはなにを言っているのです？　クロッコ元男爵はカルミネ盗賊団の団長……つまり犯罪者です。兵士であるあなたがそれを知らないとは言わせませんよ？」

「い、いや、だが、それは……」

「それに、なぜあなたは犯罪者を庇《かば》うのですか？　まさか、あなた……」

ミクロさんがそう言うと、兵士が汗を流しながら後ずさった。

「あの兵士を捕らえなさい。カルミネ盗賊団についてなにか知っているかもしれません」

そのミクロさんの言葉に、周囲の警備員さんが反応し、すぐに兵士は捕まってしまった。

「な、なにをする！　私は冒険者ギルドに深いパイプを持っている。後悔することになるぞ！」

ミクロさんはその発言に深いため息を吐いた。

「あなたを捕らえたことを後悔もしなければ、冒険者ギルドがあなたを庇うこともありませんよ。そもそも、犯罪者に加担していたかもしれない人間を国やギルドが庇うはずないでしょう？　連れていきなさい」

ミクロさんはこちらに視線を向けると頭を下げる。

「悠斗様、この度は、誠に申し訳ございませんでした」

「いえ、いいですよ。盗賊団を捕らえるお手伝いができてよかったです」

「そうは参りません。カルミネ盗賊団はとても危険な組織でした。近日中に、盗賊団を捕らえた報酬と、被害の賠償金を支払わせていただきます」

特に被害はなかったんだけど……

「いえ、報酬も賠償金もいらないんですが……」

「そういうわけには参りません。カルミネ盗賊団は指名手配されている盗賊ですし、捕縛したものに対して報酬を支払うのは当然のことです」

「そ、そうですか……」

ミクロさんの勢いにのまれてしまった。

「報酬と賠償金の支払いが決まりましたら、当ギルドの人間を向かわせますので」

「わかりました。ああ、カルミネ盗賊団は全員ここに置いていっていいですか？」

「はい。もちろんです」

俺は捕まえた人達を『影収納《ストレージ》』から出すと、商業ギルドに後を任せ、邸宅に戻ることにしたのだった。

11　マイホーム探検

帰宅すると、子供達の足音があちこちから聞こえてきた。

どうやら、邸宅の探索をしているようだ。

せっかくなので、俺も子供達に倣《なら》い邸宅内を見て回ることにした。

部屋を巡ると、家具や寝具まで取り揃えられているようだ。

さらに邸宅内を進んだところで、子供達と鉢合わせした。

「悠斗兄！　この家、凄く広いよ！」

「お風呂も大きかった！」

「庭も広かった」

俺の顔を見るなり、三人とも口々に感想を伝えてくる。

みんなに案内してもらおうかな。

「お風呂すごく大きかったんだ？　ケイ、案内してくれる？」

「うん！　ついてきて！」

子供達に袖を引っ張られながら、風呂場に連れていかれると、そこには想像以上に豪華な光景が広がっていた。

「おおっ……」

浴槽が広いのはもちろん、サウナや外には天蓋付きの岩風呂、プールまである。広すぎて、元いた世界の温泉施設のようだ。

クロッコ元男爵は相当風呂に力を入れていたらしい。

「「ね～！　すごいでしょ！」」

「うん。これは相当大きいね！」

まあ、管理は大変そうだけど『生活魔法』の『浄化』を使えばなんとかなるかな？

『状態保存』の魔法がかけられているから、もしかしたらそのままでもいいのかもしれない。

「それじゃあ、庭を見にいこっか」

俺の言葉に反応して、今度はレインが手を挙げる。

「次は私が案内する」

そのままレインは俺の袖を引っ張り、庭に向かってズンズン進んでいった。

「おおっ……」

風呂のクオリティに劣らず、圧巻の景色が広がっていた。

庭というより公園といった表現の方が近い気がする。広場の端には池や畑があった。

「悠斗兄！　俺は面白い場所を見つけたよ！」

「それじゃあフェイ、そこに案内してくれる？」

面白い場所とは何だろう？　今さら何が出てきても、これ以上驚かない気がするけど……

フェイに元気よく案内されるままついていくと、地下室にやってきた。

なんとワインセラーや、端の方には牢屋まである。

牢屋なんて、なにに使っていたんだろう。怖すぎる。

元住んでいたのが盗賊団のボスと考えると、嫌な想像しかできない。

「ねっ、すごいでしょ？」

「たっ、たしかに……よく見つけたね」

「うん！　俺は鼻がきくからね」

あまりに人間っぽいからうっかりしていたが、フェイは犬の獣人族だ。

「フェイはすごいね！」

軽く頭を撫でながら褒めると、フェイは尻尾をすごい勢いで振り回して喜んでいた。


「さて、そろそろ昼だし、ご飯の準備をしようか」

家の中をある程度探検した後、俺と子供達三人はダイニングに集まる。

今日からはご飯を作るのも配膳《はいぜん》するのも、すべて自分達でやらなければいけない。

この世界に来てからほとんど宿で生活していた俺にとっては、若干億劫《おっくう》だが、子供達のためにも頑張ろう。

まぁ、今日のところは『私の宿屋』で買ったお弁当があるのだけれど……

「それじゃあ、みんな。お昼のお弁当をいただこうか」

「「「うん。いただきます！」」」

そう言って、俺達は食事に箸を付けていく。

「悠斗兄！　魔法学園の試験はすぐなんでしょ？」

「そうだよ～、三週間後に試験があるから、ご飯を食べたら外で練習をしようね」

「「「うん！」」」

元気のいい返事である。

「それじゃあ、これに着替えて」

昼食を食べ終わると、子供達に運動服を着てもらい、的当てと体力試験に重点を置いた練習をすることにした。

子供達が運動服に着替えている間に、広場に『土属性魔法』で的を作製し、シャトルランで使う線を広場に引いていく。

準備が終わった頃、子供達が広場にやってきた。

「よし。それじゃあまずは、的当てからやってみよう。ケイ、フェイ、レイン。その線の上に立って、そこから『火属性魔法』の『火球《ファイアーボール》』で、直線上にある的に当ててみようか」

的までの距離は三十メートルほど離してある。

「それじゃあ、合図とともに魔法を放つようにね。いくよ。放てっ！」

「「「『火球《ファイアーボール》』！」」」

子供達が『火球《ファイアーボール》』を放つと、ボンッと音を立て、地面に当たって炸裂する。

威力は申し分ないが、距離が足りなかったようだ。

「もうちょっと魔力を込めて、もう一度やってみよう」

「「「うん！」」」

「それじゃあ、合図とともに魔法を放つようにね。いくよ。放てっ！」

「「「『火球《ファイアーボール》』！」」」

今度はしっかり的を捉えたようだ。ボンッという音とともに的に焦げ目がついている。

「よし。うまくいったみたいだね。それじゃあ、次は『風属性魔法』の『風弾《エアーブリット》』を的に向けて放ってみようか」

「「「うん！」」」

先ほどのように俺が合図をすると、子供達が一斉に構える。

「「「『風弾《エアーブリット》』！」」」

子供達の放った『風弾《エアーブリット》』により、的が傷だらけになっている。

さっきの練習で的に当てるコツをつかんだようだ。

これなら、的当ては問題なさそうだ。

「よし。よくやったね。これから試験までの間、この練習を欠かさないように。色々な魔法で的を狙ってみてね。それじゃあ、次は体力測定だ。みんな身体に魔力を纏わせて」

俺の言葉で、子供達は魔力を自分の身体に纏わせていく。

子供達が身体に魔力を纏わせ身体強化したことを確認すると、収納指輪から体力試験用の音楽の鳴る器具を取り出した。これは昨日、商会に行った後に立ち寄った店で買ったものだ。

「ケイ、フェイ、レイン。それじゃあ魔力を纏わせたまま、そこに引いてある線に並んで」

子供達が線に並んだことを確認すると、シャトルランの説明を始める。

「いまからカウントダウンを告げる音が流れるからね。この音は段々と早くなるから、音が流れきる前に二十メートル先の線に辿りつくように頑張ってね。これを繰り返し行うよ。無理はしなくていいからね」

体力試験用の音楽の出る器具に魔力を流すと、音が鳴り始める。

「五秒前……三、二、一、スタート～♪」

子供達も最初の方は、「えっ、こんな楽勝でいいの？」みたいな表情で走っていたが、音が四十回を超えたあたりで表情が硬くなってきた。

とはいえ、まだ全然汗をかいていないし、息切れも起こしていない。すごいな、『身体強化』。

いや、すごいのは子供達か……

シャトルランが始まってから何分位経っただろうか、音が二百五十回を超えたところで、先に音の方が終わってしまった。

「「「悠斗兄、もう終わり？」」」

子供達には、まだまだ余裕がある。

「うん。ここまでできれば多分合格できると思うよ」

なんだか思っていたのとは違うが、これなら体力試験も問題ないだろう。

俺は収納指輪から水筒を取り出し、子供達に渡していく。

「「「ありがと！」」」

子供達はゴクゴクと喉を鳴らしながら、冷たい水を口に流し込んだ。

「みんな、今日は頑張ったね。お風呂を沸かしてくるからそれまでゆっくり休んでいて」

「「「うん！」」」

そう告げると、子供達は広場でかけっこを始めた。

まだまだ元気いっぱいである。

的当ても体力測定も問題ない。これなら魔法学園の入学試験も楽勝だろう。

「これでよし」

風呂に設置されている魔石に魔力を流し込み、すべての浴槽にお湯と水を張ると、『聖属性魔法』を風呂全体にかけポーション風呂に変えていく。

疲れた身体を癒すなら、ポーション風呂が一番である。

あとは、石鹸《せっけん》やシャンプーを配置して……よし。

これで準備が整った。

子供達を呼びに戻ろうとすると、ふと思いついた疑問に足が止まる。

今まで全く気にならなかったけど、よく考えたら、女の子達とお風呂に入るのは何歳までＯＫなのだろうか？

『私の宿屋』では一人で入れるサイズの浴槽だったからよかったけど、ここのは広いし深いから、子供達だけで入浴させて溺れてしまわないか心配だ。

そこまで考えたところで、一つのアイデアが降りてきた。

そうだ、ロキさんに頼もう！

そうと決まれば話は早い。

早速、『召喚』スキルでロキさんを召喚していく。

「呼ばれるのを待っていたよ～。って、ここはどこ？」

「ここは俺の新居だよ！　あれから色々あって、自分の家を手に入れたんだ」

ロキさんがキョロキョロと辺りを見回す。

「へぇ～！　おめでとう！　それで、なんでボク呼ばれたの？」

「ロキさんにしか頼めないんだけど、子供達をお風呂に入れてあげてくれないかな？　特にケイとレインの二人をお願いしたくて」

「…………」

一瞬なにを言われたのかわからなかったのだろう。ロキさんは首を傾げると、もう一度召喚した理由を聞いてきた。

「ボクの聞き間違いかな。子供達をお風呂に入れるためにボクを召喚したって言われたような気がするんだけど？」

「いや、それで合ってるよ。お願いできないかな？」

「……仮にも神をそんなことで召喚したのは悠斗が初めてだよ」

ロキさんはそう言うと、俺にじとーっとした視線を向けてきた。

しかし、これは仕方のないことだ。俺がケイとレインの二人を風呂に入れるのはまずい気がするし……

向けられる視線にめげず、真剣な表情で見返すと、ロキさんは根負けしたようにため息を吐いた。

「まあいいや、お風呂ね？　代わりに風呂上がりのエールと迷宮核《コア》の設置をお願いしようかな♪」

「エールは問題ないけど……迷宮核《コア》の設置？」

「まぁ、そのことについては後で教えるよ。とりあえず子供達を呼んできてもらっていい？」

「助かるよ！　それじゃあすぐに連れてくるね」

俺はロキさんにお礼を言うと、ケイとレインをロキさんのもとに連れてくる。

それから二人をお風呂に入れてもらっている間、俺はフェイにせがまれ一緒に的当ての練習をすることにした。フェイのコントロールはだいぶ安定するようになっていた。

「悠斗様～、二人をお風呂に入れたよ♪」

数十分ほど練習をしていると、ケイとレインを連れ、ロキさんがお風呂からあがってきた。

「うん。ありがとう！　それじゃあ、フェイ。行こうか」

俺はロキさんに冷えたエール五杯と、簡単なつまみを提供し、フェイを連れ風呂に入る。

『私の宿屋』の風呂も相当広かったけど、この邸宅の風呂はやはり凄い。

子供の体格なら泳ぐこともできるんじゃないだろうか。

ひとしきりポーション風呂を楽しんだ俺達は、風呂を出てダイニングに向かう。

ロキさんは既に四杯目のエールを口にしている最中のようだ。

「そういえばロキさん、さっき言ってた迷宮核《コア》の設置ってなんのこと？」

「あぁ、そのことね。迷宮核《コア》を設置すると、僕やカマエルがいつでも自由に顕現できるようになるんだよね」

「いつでも自由に？」

「うん。実は『召喚』スキルは、悠斗様が一方的に呼び出すだけのスキルじゃないんだよ。条件さえ揃えば、ボクら側から自由に顕現することもできるのさ」

知らなかった。『召喚』ってこっちから呼び出すだけのスキルじゃなかったんだ。

驚きつつロキさんを見ると、何か考えごとをしているようだ。

「う～ん。設置するなら地下室か最上階のどちらかかな？　ちょっと相談したいからカマエルを召喚してくれる？」

言われた通り、バインダーから呼び出すと、カマエルさんは明るく話しかけてきた。

「久しぶりだな、悠斗様。今日はどうした？　ロキがエールを呑んでいるところを見るに、宴会に呼んでくれたのか？　いや、呼んでもらって悪いな」

カマエルさんは先日の件以来、すっかり丁寧な話し方を止めてしまったらしい。随分とカジュアルな口調に変わっていた。

そのことについて聞いたら、既に素の性格がバレてしまっているから、今さら猫を被っても遅いだろうとのこと。

少しだけ気まずそうにしながら、そう答えてくれた。

そんな彼に、ロキさんが尋ねる。

「カマエル～、悠斗様が迷宮核《コア》を設置するんだけど、どこに設置したらいいと思う？」

「おや？　迷宮核《コア》を設置するのか？」

「そうだよ♪　悠斗様が家を購入したんだって！　少し探索してみたけど、凄く広いよ～♪」

カマエルさんは顎に手を当て考える。

「ふむ、だったら地下に設置した方がいいな。最上階に設置すると、上に階層が伸びていく可能性が高い。場合によっては、アンドラ迷宮のように塔型の迷宮になってしまうかもしれん」

なるほど……そういえば迷宮は魔力を溜め込むことで階層を増やすことがあると聞いた。二階に迷宮核《コア》を設置した場合、階層が上に伸びていくこともあり得るのか。

俺は納得して、二人に尋ねる。

「それで迷宮核《コア》の設置って、なにをどうしたらいいの？」

「ああ、そうだったな。悠斗様は迷宮核《コア》を台座ごと収納指輪に収納しているだろ？　それを地下の適当なところに置き、どんな迷宮にしたいか考えながら魔力を込めれば設置は完了だ」

なるほど、結構簡単に設置することができるらしい。

「わかった。それじゃあ早速設置してくるね」

「ちょっと待ってくれ。私も行こう」

どうやらカマエルさんもついてきてくれるようだ。

「ボクはエールでも呑んで待ってるね～♪　もう無くなりそうだから、はやく帰ってきてくれると嬉しいな～♪」

一方、迷宮核《コア》の設置を提案したロキさんは、エールを呑んで待っているらしい。

カマエルさんと相談とか言っていたけど、面倒事をカマエルさんに押し付けただけじゃ……まあいいか。

カマエルさんとともに地下室に向かうと、一番奥の部屋に迷宮核《コア》と台座を設置することに決めた。

「これでよし。あとは、どんな迷宮にしたいのかイメージしながら迷宮核《コア》に魔力を注ぐだけだ。くれぐれも凶悪なモンスターなんて想像するんじゃないぞ。庭から家、地下に至るすべてを迷宮にするイメージで魔力を注ぐんだ」

「うん」

カマエルさんに言われた通り、迷宮核《コア》に魔力を注ぎ込んでいく。

すると、すぐに迷宮核《コア》が白く輝き出した。

「無事終わったようだな……」

もう邸宅の迷宮化が終わったらしい。

「よし。それじゃあダイニングに戻ろう」

迷宮核《コア》の設置を終えた俺達は、地下室の階段を上がりダイニングへ向かう。

ダイニングに着くと、ロキさんが満面の笑みで待っていた。

「無事、迷宮核《コア》の設置が終わったようだね～♪　この邸宅を守るボスモンスターはなにを設置したの？」

えっ、ボスモンスターの設置？

そんなこと言われても、カマエルさんが凶悪なモンスターなど想像するんじゃないとか言っていたから、なにも設置してないんだけど？

「えっと、ボスモンスターの設置はしていないんだけど、なにか問題あったりする？」

「えっ、何も設置していないの!?」

ロキさんが驚愕の表情を浮かべた。

だ、駄目だっただろうか？

困惑する俺にロキさんが教えてくれる。

「その場合、迷宮化した時の条件に合致したボスモンスターがランダムで選ばれちゃうんだよ。なにがボスモンスターに選ばれたんだろ？」

少なくとも、地下室にそれらしい存在はいなかった。

『影探知《サーチ》』を使ってみたが引っかからないし、一体どこにいるんだろう？

「あれ？　なんか違和感が……」

ふと『鑑定』スキルを使い周囲を見回してみると、突然、とんでもないステータスが表示された。

【名前】屋敷神《ウチガミ》
【種族】神族
【ステータス】STR：6000　DEX：6000　ATK：6000
AGI：6000　VIT：6000　RES：9999
DEF：9999　LUK：100（MAX）　MAG：6000
INT：6000
【スキル】迷宮変化《チェンジ》　自動迎撃《アタック》　自動防御《ディフェンス》　精霊従属《エレメント》　顕現《メニファステーション》　料理自動生成《オートマティック》　物質変換《コンバージョン》

・迷宮変化《チェンジ》：迷宮の構造を変化させる。
・自動迎撃《アタック》：悪意を持って迷宮に入ろうとするものを自動で迎撃する。
・自動防御《ディフェンス》：悪意を持って迷宮に入ろうとするものを入れなくする。
・精霊従属《エレメント》：迷宮に迷い込んだ精霊を自由に操る。
・顕　現《メニファステーション》：人型に顕現することができる。
・料理自動生成《オートマティック》：料理を自動生成する。生成には食料庫へ食材を入れておく必要がある。
・物質変換《コンバージョン》：迷宮内にある物質を自由に変質、変換、加工することができる。

【名前】土地神《トチガミ》
【種族】神族
【ステータス】
STR：6000　DEX：6000　ATK：6000
AGI：6000　VIT：6000　RES：9999
DEF：9999　LUK：100（MAX）　MAG：6000
INT：6000
【スキル】迷宮変化《チェンジ》　自動迎撃《アタック》　自動防御《ディフェンス》　精霊従属《エレメント》　顕　現《メニファステーション》　土壌改良《カスタム》
・土壌改良《カスタム》：敷地内の地面の素材を変化させたり、作物を育てやすい環境に調整したりできる。

家の壁や床には屋敷神《ウチガミ》の表記が、家の外の広場には土地神《トチガミ》の表記が出ている。

基本のスキルは、屋敷神《ウチガミ》も土地神《トチガミ》もほとんど変わらなかったが、屋敷神《ウチガミ》には『料理自動生成《オートマティック》』『物質変換《コンバージョン》』という能力が、土地神《トチガミ》には『土壌改良《カスタム》』という能力があるようだった。

俺はステータスを見ながら、カマエルさんとロキさんに声をかける。

「……なんか屋敷が屋敷神《ウチガミ》っていうモンスターに、広場が土地神《トチガミ》っていうモンスターになっちゃったみたいなんだけど……」

「ふむ。そのようだな。よかったではないか、屋敷神《ウチガミ》と土地神《トチガミ》がボスモンスターをしてくれて。両方とも神族だぞ？」

「お～♪　大当たりを引いたね～」

ボスモンスターという言葉に俺が恐れを抱く一方で、カマエルさん達はにこやかな表情を浮かべていた。

なんでこの二人は平然としているのだろうか。

「えっと、ボスモンスターになった……ってことは、俺達を攻撃してくる可能性があるってことだよね？」

俺が恐る恐る尋ねると、二人は声を出して笑い始めた。

「迷宮核《コア》に魔力を注ぎ込んだのは悠斗様なのだから、そんなことをするはずがないだろう？」

「そうだよ。迷宮に存在するものが、迷宮の主である悠斗様に攻撃できる訳ないじゃん」

なるほど、どうやら俺は『モンスターは襲ってくるもの』という固定観念に縛られていたが、迷宮を創造した主であれば、ボスモンスターも攻撃できないのか。

ん……そんなことより今、俺が迷宮の主になったって言わなかった？

「ロキさん、今俺のことを迷宮の主である悠斗様って言わなかった？」

「そうだよ？」

「詳しいことは屋敷神《ウチガミ》と土地神《とちがみ》に聞いてみたらどうだ？」

なるほど、たしかに本人達に聞いた方が話が早いかもしれない。

「え～っと、屋敷神《ウチガミ》さん、土地神《トチガミ》さん、出てきてくれますか？」

俺がそう言うと、老執事とメイドが姿を現した。

「悠斗様、初めまして。邸宅の守護を務めさせていただきます屋敷神《ウチガミ》と申します。以後よろしくお願いいたします」

そう言って頭を下げる老執事。

「私は邸宅広場の守護を務めさせていただきます土地神《トチガミ》と申します。以後よろしくお願いいたします。ちなみに先ほど悠斗様が話されていた件ですが、迷宮核《コア》を設置したものがそのまま迷宮主になりますので今は悠斗様が私達の主でございます」

続いてメイドさんがそう言って軽く一礼し、その後俺が気になっていたことに答えてくれた。

土地神《トチガミ》さんの言葉に俺が納得していると、今度は屋敷神《ウチガミ》さんが話しかけてきた。

「悠斗様、私は邸宅内の警護や雑務をメインにさせていただきたいと思います。また『料理自動生成』スキルがございますので、食料庫に食材さえ入れていただければ、日々の料理を作ることも可能です」

神様に雑用をさせていいのだろうか、と思っていると、続けて土地神《トチガミ》さんも口を開く。

「悠斗様、私は警護や『土壌改良《カスタム》』を使用しての広場での作物作りなどをさせていただきたいと思います」

『土壌改良』を駆使すると、広場で野菜や果物を自動で育てられるらしい。手をかけずに食材を作れるのはありがたいな。

「そこで悠斗様にお願いがあるのですが、迷宮の階層をあと三階層ほど増やしてもらえないでしょうか。そこに放牧地と作物を育てる階層、そして様々な鉱石が採れる階層を作成しようと思いまして……迷宮核《コア》に魔力を込めることで階層を増やすことが可能となりますので」

「そんなことでよければ……うん、わかったよ」

土地神《トチガミ》さんについて地下室に向かうと、迷宮核《コア》に魔力を込めていく。

「このくらいの魔力があれば大丈夫です。ありがとうございます」

たったこれだけの作業で、明日には新しい階層が地下にできるそうだ。

迷宮核《コア》に魔力を込めた俺は、ダイニングに戻り、みんなで宴会を開くことにした。

料理は屋敷神《ウチガミ》さんが『料理自動生成《オートマティック》』を披露《ひろう》するとのことだったので、食料庫へと食材や調味料を移し、待つこと数分。

食料庫からダイニングに戻ると、テーブルの上に屋敷神《ウチガミ》さんが作った料理が並んでいた。

俺は収納指輪からジュースとお酒を取り出し、『水属性魔法』の応用でそれを冷やすと、乾杯をするため、グラスを持つ。

「それじゃあ、皆さん。引越祝いと新しい仲間が増えたことを祝って、かんぱ～い！」

「「「乾杯！」」」

そうしてグラスを合わせると、俺達は宴会を楽しんだ。

閑話　愛堕夢《あだむ》と多威餓《たいが》の受難

「陛下。少々時間をいただいてもよろしいでしょうか」

ここはマデイラ王国にある王の間。私、ベーリングが面会を申し出ると、すんなりと扉が開かれる。

「宰相よ、何用か」

「はい。実はアゾレス王国と領有権を争っていた名もなき迷宮が先日踏破され、ただの洞窟となってしまいました。マデイラ大迷宮での一件以降、愛堕夢や多威餓も部屋から出てきません。なにか手を考えなければならないかと思い、参りました」

「面《おもて》を上げよ。終わったことは仕方がない。しかし、なにか手を考えるといってもな……」

「はい。迷宮のことは今からどうすることもできません。ですのでここは、アゾレス王国との戦いに備え、転移者のレベル上げをするのはいかがでしょうか」

「それも考えたが、転移者は自室に引きこもっているのだろう?」

王が疑問の声を上げる。

もちろんこのままでは、転移者を動かすのは難しい。しかし、我々にはアレがある。

「愛堕夢と多威餓には『隷属の首輪』を使いたいと思います。色々と制限がかかってしまいますが、背に腹は代えられません、今は少しでも戦力を増やすべきです」

『隷属の首輪』は、魔力を流し込んだ者を主とし、その命令に絶対服従させるという効果を持つ。また、装着者の意思では外すことも抵抗することもできない代物だ。

「そうか……だが、失敗したら奴らも牙を剥いてくるやもしれん。宰相自らが出向いて攻撃されたら大変だ。『隷属の首輪』の装着には、適当な兵士を向かわせよ」

「承知いたしました」

王に頭を下げると、私は部屋を出て、早速兵士を探し始める。

「君達、そう、そこの君達だ。ちょっとこっちに来てくれ」

通路にいた騎士を呼ぶと、名前を尋ねた。

「君達の名前はなんといったかな」

「はい! 第十騎士団所属のココスと申します」

「同じく、第十騎士団所属のマニラと申します」

見たところ、騎士見習いといったところか。こいつらであれば、身代わりにちょうどいい。

私は顎《あご》を撫《な》でると、騎士達に「ここだけの話だが」と話を持ちかける。

「ココス君、マニラ君、君達に重要な任務を頼みたい」

「「はいっ！」」

私が転移者に『隷属の首輪』を付けるという話を説明すると、ココスが恐る恐る口を開いた。

「わ、私達が、転移者様に『隷属の首輪』を付けるのですか⁉」

「ああ、その通りだ。この任務、失敗は許されん。心してかかるように……転移者に『隷属の首輪』を付けたあとは、私の部屋へと連れてくるのだ。わかったな」


日も変わろうとする頃、ココス達が眠ったままの愛堕夢と多威餓を連れ、私の部屋にやってきた。

どうやら無事首輪を嵌めることに成功したらしい。よく頑張ってくれた。

国王も、私がその報告をすると大層お喜びの様子だった。

転移者のことも一任してもらったし、後はあいつらの訓練の成果にかかっている。

◆◇◆◇◆

明け方六時、俺、愛堕夢は目を覚ますと、身体の異変に気が付いた。

なにやら昨日まではなかった首輪が取り付けられている。

それに、普段ならまだ寝ている時間のはずなのに、身体が勝手に森へ行く準備をするために動くのだ。

隣では多威餓も同様のことを思っているらしく、イラついたような顔をしていた。

くっそっ！　なんなんだよ、これ！

俺と多威餓の身体に何があったんだ。

自分の意識とは関係なく、勝手に動く身体に恐怖を覚える。

そんな風に戸惑っていると、部屋にベーリング宰相と騎士達が入ってきた。

何の用だ、と思った矢先に宰相が俺らに命令した。

「愛堕夢に多威餓よ。私がいいと言うまで動くな」

「「承知いたしました」」

ベーリング宰相の言葉に対し、考えとは裏腹に口が勝手に言葉を発し、身体の動きがピタリと止まる。

俺達が動けずにいることを確認すると、宰相は言葉を続けた。

「それと、もう知っているかもしれないが紹介しよう。今日、君達の引率をするラバスだ」

ラバスと呼ばれた騎士は一礼すると、俺達のもとへと近付いてくる。

一瞬首輪のあたりがビリっとした後、ラバスは宰相の方を振り向き、何やら確認を始めた。

「宰相。これでよろしいでしょうか？」

「うむ。これでお前の魔力も首輪に流れたので、転移者はお前に歯向かうことができなくなったな。命令する時はくれぐれも具体的な内容を言うように」

「はっ！」

この首輪のせいで俺は思うように身体が動かせないのか？

そう思っていると、宰相の「少し喋っていいぞ」という言葉とともに、身体の縛りが解放された。

すかさず俺は宰相に抗議する。

「おい！　これはどういうことだ⁉」

「なぜ、俺達に首輪を嵌めたっ！」

「愛堕夢と多威餓よ……うるさいぞ。黙れ」

しかし、すぐに宰相に命令され、また急に口が開かなくなった。

それを見たラバスは感心したような声を上げた。

「『隷属の首輪』の効果はすごいですね。まさか、これほどのモノとは……」

「そうであろう……さて、愛堕夢に多威餓よ。これより我らに対して危害を加える行動を禁止とする。無駄な発言もだ」

「「承知いたしました」」

この言葉に、俺は頷くことしかできない。

「それではラバスよ、後は頼んだぞ」

最後にそれだけ言って、宰相は部屋から出ていった。

残ったラバスが俺と多威餓に向かい、命令する。

「それではこれより森へレベル上げに向かいます！　愛堕夢に多威餓、我々にしっかりとついてきなさい！」

ラバスの言葉に俺達は嫌々ながら従うことになり、数名の騎士とともに森に向かう。

モンスターの群れが周囲に見えるようになったあたりで、再びラバスが俺らに向かって指示を出した。

「多威餓はモンスターが現れたら『放電《ディスチャージ》』を詠唱し、敵に向かって放ちなさい。愛堕夢、あなたも同じよ。モンスターが現れたら『光線《レイ》』を詠唱し、敵に向かって放ちなさい。くれぐれも、私達に魔法を当てないでよね」

その言葉のすぐ後に、二十体を超えるゴブリンの群れが現れる。

モンスターと遭遇した瞬間、俺達はラバスの命令に従い魔法の詠唱を始める。

「天空を満たす光よ！　我の命により、その力を解き放ちたまえ！　『放電《ディスチャージ》』！」

「光よ！　収束し！　その力を解き放て！　『光線《レイ》』！」

雷鳴と閃光がゴブリン達を貫き、『グギィィィッ！』という断末魔の悲鳴とともに倒れていく。

「愛堕夢、多威餓。引き続き、その調子で頼みます。さぁ、行きますよ」

ラバスはそう声をかけると、騎士達とともに森深くへ進む。

命じれられたこと以外身動きの取れない俺達は、ラバスの言葉に従い、さらに奥地へと進むのだった。

◆◇◆◇◆

「こんなことなら、もう少し騎士を動員すればよかったわね……」

愛堕夢と多威餓の魔法の威力と周囲に散らばるモンスターの死骸を目の当たりにしながら、私、ラバスは呟いた。

ベーリング宰相から転移者のレベルアップと一緒に素材の確保も命じられていたが、討伐するスピードが速すぎて、素材の回収が間に合っていない。

レベル上げというから、正直お守《も》りする気持ちで任務にあたっていたが、ユニークスキルにこれほどの威力があるとは……認識を改める必要がありそうだ。

二人にはこのままレベルアップに専念してもらうとして、もう少し奥の方へ進んでみよう。

そう考えていると、最深部の方へ調査に行っていた部下の一人から、洞窟らしきものを発見したという報告が入ってきた。

報告にあった場所まで急いで向かうと、その入口の横に掲示板のようなモノが立っている。

「まっ、まさか……」

私は驚きながら洞窟へと近寄り、その掲示板を確認した。

予想通りと言うべきか、そこには『踏破階数／現在階層数：無し／五十階層』という記載がある。

やはりここはただの洞窟ではなく、迷宮のようだ。

マデイラ大迷宮が何者かによって迷宮核《コア》を失って、機能を停止したことで、わが国には迷宮が一つもないという問題が生じていたが……

この迷宮の発見は、国力を落としつつあるこの国の復興の兆《きざ》しになるかもしれない。

私は部下達に向け、勢いよく叫んだ。

「みんなよく聞け！　どうやらここは迷宮らしい！　確認のため中に入るが希望する者はいるか！」

私の言葉に、部下の全員が手を挙げてくれる。

とはいえ全員は連れていけないので数名を選び、残りは転移者とともに見張りを任せた。

部下とともに内部に潜入すると、一階層の中央あたりでゴブリンやオークなど数多くのモンスターに遭遇した。

「なるほど、森にモンスターが溢れているのは、これがあったからのようですね」

最近モンスターがこの森に湧き始めたのも納得だ。

この迷宮内に収まりきらないモンスターが、軽いスタンピードを引き起こしていたのだろう。

もし、迷宮の発見が遅れていればより多くのモンスターで溢れかえるところだった。

今このタイミングで迷宮を発見することができた奇跡に感謝する。

「よし！　ここが迷宮であることは確認できたので、探索を打ち切る！　ベーリング宰相への報告に、急ぎ戻るぞ！」

ラバスはそう言うと、騎士達とともに迷宮を後にし、マデイラ王国に戻ることにした。

王城に戻り、宰相のいる部屋に入ると、数々の書類と格闘しているところだった。

迷宮が無い状態でどうやって経済を回していくか頭を悩ませているのかもしれない。

「失礼いたします、緊急の報告があったため宰相のもとに参りました」

「ラバスか、どうした？　まだ森に行ってからそう時間がたっていないと思うのだが……報告とは何だ？」

怪訝《けげん》そうな表情で尋ねてくる宰相に私は答える。

「転移者達のレベル上げのため森に入ったところ、森の最深部に五十階層にも及ぶ迷宮を確認しました」

「なっ！　なんだと！」

宰相の驚きの声が室内に響いた。

衝撃が大きかったのか、机に積まれている書類を勢いよく倒している。

しかしそれらには目もくれず、宰相はすぐに扉の方へと向かう。

「でかしたっ！　すぐ陛下に報告をあげねばっ！　ラバスよ、ついてまいれ！」

「はっ！」

◆◇◆◇◆

ラバスの働きのおかげで、迷宮に関する懸案事項《けんあんじこう》が一気に解決し、私、ベーリングは安堵《あんど》していた。

陛下に報告を上げた際も、かなりご満悦《まんえつ》な様子だったし、我が国の立て直しもすぐにできるかもしれない。

ここのところ問題続きだっただけに、私も思わず浮かれてしまった。

ラバスとともに再び宰相室に戻り、私は早速命じた。

「ラバスよ。明日より、森でのレベル上げを中断し、転移者とともに迷宮探索を開始するように」

「はっ！　承知いたしました！　ただ宰相閣下にお願いがあります」

内容にもよるが、迷宮を発見した功労者のラバスの頼みとあらば、聞かぬわけにはいかない。

「申してみよ」

「はい。モンスターの素材を入れるために、魔法の鞄をお借りできないでしょうか？」

魔法の鞄とは、鞄に空間属性魔法を付与したものだ。

鞄と特殊な空間を繋げることで、ほぼ無制限に荷物を詰め込むことができる優れものだ。

その有用性から、ほとんどが国で管理されている。

我が国には、過去にマデイラ大迷宮でドロップした魔法の鞄が三つ保管されているが、そのどれもが大容量で、売れば十回人生を謳歌できるほど貴重なものだ。

ラバスにそんな魔法の鞄を預けていいものだろうか、と私は躊躇《ためら》う。

少し考え、表向きには迷宮発見の功績を称えるため、裏の理由は多くのモンスターを国に運んできてもらうために、貸し与えることに決めた。

「わかった。すぐに用意しよう」

「ありがとうございます！」

「それでは明日、迷宮に向かう際に渡すこととする。今日はゆっくり休むがよい」

そう言ってラバスに退室を命じると、心に余裕の生じた私は、書類仕事に戻ることにした。

そこで、さっき散らばった書類の中に一枚の報告書を見つける。

「んっ？」

それは、我が国が召喚した転移者、佐藤悠斗生存の可能性に関する報告だった。

以前に見た報告書によれば、佐藤悠斗は、マデイラ王国からアゾレス王国に渡るも、アゾレス王国の騎士に捕まり、王城での尋問の末、死亡扱いになっていた。

どうやらこの報告書によると、最近になり、フェロー王国での活動及び生存が確認されたようだ。

そろそろ、この件も手を打たねばなるまい。

この報告の通り、佐藤悠斗が生きていたとしてもマデイラ王国に戻ることはないだろうし、それどころか、せっかく見つかった迷宮をまた踏破されかねない。

今やマデイラ王国にとって佐藤悠斗の存在は、いつ爆発するかわからない爆弾のようなものだ。

爆弾は爆発する前に処理をするに限る。

私は、マデイラ王国の暗部を部屋に呼ぶと、フェロー王国にいる佐藤悠斗の暗殺を指示するのだった。

12　意外なビジネスチャンス

「それじゃあ、商業ギルドに行ってくるね。みんなのこと、よろしく」

新居に移った翌日、俺、佐藤悠斗は子供達の魔法の練習を土地神《トチガミ》に任せると、商業ギルドに向かうことにした。

「はい。行ってらっしゃいませ。悠斗様」

なぜならば、朝起きてすぐ商業ギルドから使いの者がやってきたのだ。

なんでも冒険者ギルドと商業ギルドの間で、カルミネ盗賊団を捕らえた報酬と、クロッコが押しかけてきた件の賠償金についての協議が終わったらしい。

昨日の今日で随分と早く話が進んだものだ。

商業ギルドに着くと、ギルドマスターのミクロさんが出迎えてくれた。

「悠斗様、お待ちしておりました。こちらへどうぞ」

そう言って、ミクロさんは俺をギルドマスター室へ案内する。

どうやら、報酬と賠償金をもらって、はい終わりとはいかないようだ。

「悠斗様、まずはお掛けください」

ミクロさんに言われるがままソファーに座ると、ミクロさんは二つの袋を机に並べた。

「悠斗様、先日は大変申し訳ございませんでした。ギルド間で協議を行った結果、報酬として白金貨二十枚、当ギルドからの賠償金として白金貨十枚をご用意いたしました。どうぞ、お納めください」

「ありがとうございます」

俺が白金貨三十枚を収納指輪に納め、立ち上がろうとしたところで、ミクロさんに呼び止められた。

「ああ、お待ちください。王都の『私の商会』から悠斗様に話があるそうですので、そちらに寄っていただけますでしょうか？」

そういえば、アゾレス王国を出る前の日に、ポーションや素材を卸すって言ってたことをすっかり忘れていた……スヴロイ領でモンスター素材は卸していたけど、ポーションのことは全然頭になかった。もしかしたらその催促かもしれない。

「わかりました。これから『私の商会』に向かいますね」

ミクロさんにそう答え、商業ギルドを出ると、ガイドブックを頼りに王都にある『私の商会』に向かうことにした。

その道中、精霊のペンダントが強く震え出す。

『悠斗！　上を見て！　危ない！』

見上げると、俺に向かって人が降ってきた。

「おわっ！」

俺は落ちてくる人をとっさに『影収納《ストレージ》』に収納し、すぐにそこから出した。

上手く衝撃を吸収できたみたいだ。

「あ、危なかったぁ！　まさか人が落ちてくるとは思わなかったよ」

『悠斗が無事ならそれでいい……』

「ありがとう、精霊さん」

そう言って、俺は落下してきた人の方に俺は向き直った。

「大丈夫ですか？」

鳶《とび》職人っぽいおじさんに声をかけると、おじさんは茫然とした表情を浮かべる。

「あっ、ああ……坊主が助けてくれたのか？」

「はい。まあそんなところです……それにしても、なんで上から落ちてきたんですか？」

「そこの建物の新築工事をしていてな。足を踏み外して落ちてしまったんだ」

上を見てみると木材で組まれた足場がかかっている。

その足場はまるでジャングルジムのような様相で、安定した足場となる板もない。

あれでは、ちょっとバランスを崩しただけで落ちてしまうだろう。

「あんな足場で作業していたら危なくないですか？」

「仕方がないのさ。工事に落下事故は付き物だ。今回は運悪くそれが俺に当たってしまったが、よくあることだ」

「そうなんですか？」

「そんなものだ。それじゃあ、ありがとな！　助かったぜ！」

そう言うと、おじさんは立ち上がり工事現場に戻っていった。

よくある事故なら、もっと足場を安定させるとか対処したほうがいいと思うんだけど……と思ったところで、閃《ひらめ》いた。

元の世界の工事現場で見かけた、板の付いた安定感のある足場。それをこの世界でも普及させれば落下事故を防ぐことができるかもしれない。

そんなことを考えているうちに、『私の商会』に辿りつく。

「すみません。責任者の方を呼んでいただいてもよろしいでしょうか？」

『私の商会』の店員さんに、マスカットさんから貰った特別会員カードを見せ、責任者がいるという部屋に案内してもらう。

「お待たせいたしました。私は、『私の商会』王都ストレイモイ支店の支店長をしておりますスタンと申します。本日はご足労いただき誠にありがとうございます」

「いえいえ、それで話とは一体なんでしょうか？」

「はい。立ち話もなんですし、そちらの椅子にお掛けください」

俺が椅子に座ると、スタンさんが改まった様子で話し始めた。

「わざわざお越しいただきありがとうございます。早速で申し訳ありませんが、会頭より悠斗様がポーションを卸してくれる旨をお聞きいたしましたもので……当支店にも卸していただきたいと思った次第です」

「それでしたら、問題ありません。いつ納品したらよろしいでしょうか？」

「こちらといたしましては、いつでも構いません。好きな時にいらしてください」

それはありがたい。でも、ポーションの納品を心待ちにしていたようだし、せっかくなので、いま済ませてしまおう。

「それでは、今から倉庫に案内していただけますか？　そこでポーションの作製と、いままで狩ってきたモンスター素材の納品をしたいので」

「おお、早速よろしいのですか？　それは助かります。それではこちらへどうぞ」

倉庫に着き、モンスターの素材を大量に出すと、案の定、スタンさんは唖然としていた。

俺としては、スヴロイ領の『私の商会』で卸した数より多くのモンスターを引き取ってもらえたので満足だ。

続いて、ポーションの納品に向かう。スタンさんがビーカーのような容器を準備し、説明してくれた。

「この三つがそれぞれ『初級ポーション』『中級ポーション』『上級ポーション』の容器になりますので、こちらにお願いいたします」

「わかりました。それじゃあ、行きますよ」

俺は『水属性魔法』を使い、容器を水で満たすと、それに『聖属性魔法』をかけ水をポーションに変えていく。

「ま、まさかこんな方法で……会頭より聞いてはおりましたが、随分と規格外なお方のようですね」

これには支店長のスタンさんも苦笑いを浮かべていた。

素材の解体は明日昼頃に終わると教えてもらったので、そのタイミングでまた訪ねることにして、邸宅に戻るのだった。


「おっ、頑張ってるね！」

家に着き広場を覗くと、子供達が的当ての練習をしている。

「あっ！　悠斗兄！」

「「おかえりなさい！」」

そういうと、子供達は的当ての練習を止めタックルをかましてくる。

すっかりこれが俺が戻ってきた時の挨拶になりつつある。

三人同時に頭から突っ込んでくるのはいくら子供とはいえ、威力がすごい。

「グフッ！」と声を上げながら、子供達をギュッと抱え込み「ただいま」と声をかけると、三人とも笑みを浮かべる。

そんな子供達に癒されながら、頭を撫でていたら、そこに土地神《トチガミ》さんが近付いてきた。

「お帰りなさいませ、悠斗様」

「ああ、土地神《トチガミ》さん。ただいま！　みんなの調子はどう？」

「私が見る限り問題ないと思います。これで落とされるようであれば、試験官の見る目に問題があるのではないかと……」

たしかにその通りだ。

贔屓目《ひいきめ》を抜きにしても子供達の実力は高く、合格は間違いないと思う。

神様からのお墨付《すみつ》きが出たなら、楽勝だろう。

「そうだ、土地神《トチガミ》さんは、子供達に文字を教えることはできる？」

そこで俺は、前から考えていた文字の学習について、土地神《トチガミ》さんに聞いてみる。

ウェークの識字率は高くないので、入学してから教えてもらえるかもしれないが、事前に知っていれば授業が始まってから役に立つ。

「そうですね……私は荒事専門なので勉強を教えるのは苦手です。勉強を教えるのであれば屋敷神《ウチガミ》が適任かと思います」

「そっか、それじゃあ、屋敷神《ウチガミ》さんに頼んでみるよ。ありがとう、土地神《トチガミ》さん」

子供達の面倒を土地神《トチガミ》さんに見てもらい、俺は屋敷神《ウチガミ》さんを呼び出した。

「屋敷神《ウチガミ》さん。今大丈夫？」

「お帰りなさいませ、悠斗様。もちろんでございます」

「屋敷神《ウチガミ》さんにお願いがあるんだけど、子供達に文字を教えてくれないかな？」

俺がそう言うと、屋敷神《ウチガミ》さんは顎に手を当て少し考え込む。

「悠斗様はどのくらいの勉強期間をお考えですか？」

「贅沢を言えば、入試までに文字を覚えさせてあげたいかな？」

「なるほど……少々、不安がありますが、問題ないでしょう。詳細や経過報告は定期的にいたします」

「ありがとう。そういえば昨日、土地神《トチガミ》さんに言われて迷宮核《コア》に魔力を込めたけど、いま迷宮ってどうなっているの？」

「たしか、地下二階より下に、一層目に放牧地、二層目に畑、三層目に鉱山フィールドができております。既に、放牧地ではオークやミノタウルス、コカトリスなどの飼育を、畑では種植えを行っております。さらに鉱山フィールドでは、鉄や銀、金、ミスリルなどを採ることも可能です」

なんと、たった一日で三階層も増えたらしい。

いや、それよりもなんだかすごいことを言っていたような気がする。

「さらっとミスリルって言葉が聞こえたんだけど？」

「はい、ミスリルに限らず、ほとんどの鉱物が採取できますよ。ご自由にお使いください」

なるほど、神様にとってはそれほどミスリルはすごいものではないのだろう。

この反応の薄さがそれを物語っている。

そんなことより、鉱物が採取できるなら、『私の商会』に行くまでの間に考えていた仮設足場を作ることができるかもしれない。

「じゃあ、早速使わせてもらおうかな。ちなみにどうやって鉱山から金属を採ればいいの？」

やっぱり、ツルハシ片手にガンガンと壁を削らなければならないんだろうか？

「そうですね。悠斗様がご自身で採取する場合、土属性魔法を使うことで特定の金属を抽出することができると思います。どのような金属をお求めでしょうか？」

「できれば、軽くて丈夫で安上がりな金属がいいかな？」

俺の言葉に屋敷神《ウチガミ》さんは少し考え込む。

「それでしたら、金属ではありませんが迷宮壁はどうでしょう？　鉄や鋼より軽く、丈夫です」

「なるほど……迷宮壁か、考えたこともなかった」

迷宮にある壁の強度はたしかに高い。魔法耐性もある。さらに軽いとなれば、仮設足場の素材にもピッタリだ。

「それに迷宮壁でしたら、私の『迷宮変化《チェンジ》』で簡単に作り出すことができますが、いかがいたしましょうか？」

「ほんとに!?　じゃあお願いしてもいいかな」

「それでは……『迷宮変化《チェンジ》』」

屋敷神《ウチガミ》さんがそう唱えると、庭に迷宮壁が現れる。

俺はその迷宮壁に手を触れて『土属性魔法』でパイプ状に加工し、三十センチメートル毎に長さを切り揃えた。

後は各々の規格に合った階段と手摺《てすり》、足場などを作成すれば作業終了だ。

いま作成したばかりの仮設足場を組み立て、実際に乗ってみても、全然揺れないし、安定性も抜群。

これなら木材で組まれた足場よりも高い安全性を担保することができるだろう。

そう思いながら、作成した仮設足場を収納指輪に収め、次に組立ての手引書を作成することにした。

売り渡しても、使い方が分からないのでは話にならない。

羊皮紙に組み立て方を書き込んだ手引書を十セット作成し、仮設足場と同じく収納指輪に収納する。

明日の昼、『私の商会』にでも持ち込んで仮設足場を見てもらおう。

そう心に決めてから、その後は屋敷神《ウチガミ》さんとともに明日以降の子供達の試験練習と勉強のスケジュールについて打ち合わせを行った。


翌日、昼頃に『私の商会』を訪れた俺は、支店長のスタンさんが話しかけてきた。

「悠斗様、大変申し訳ないのですが、解体と査定が終わっておりません。もうしばらくお待ちいただけますでしょうか」

現在、解体作業をしている真っ最中のようだ。

案内してもらった倉庫では、多くの人がモンスターの解体をしている。解体するモンスターも少なくなっているし、あと数十分すれば終わるだろう。

どうやらスタンさん自身は現在手が空いているようなので、とあることを尋ねてみる。

「スタンさん。ちょっと相談したいことがあるのですが、よろしいですか？」

「はい。なんでしょう？」

「実は先日、途中にある建設現場から人が落ちてくるアクシデントがありまして、それをヒントにこんなものを作ってみたんです」

俺は収納指輪から組み立て済みの仮設足場と手引書を取り出すと、スタンさんに手渡した。

「今建設現場で使用している、木製のジャングルジムのような足場では、転落などの事故が起こる可能性が非常に高く、安全性に問題があるように思います」

「たしかにおっしゃる通りです」

「その点、この仮設足場なら、板を敷くことで転落リスクを抑えることができます。安全に三階以上の建物を作ることも可能になるでしょう」

「なるほど、これはかなり便利そうですね」

スタンさんが興奮のあまり前のめりになって聞いてくる。

「とりあえず、百セット用意したので、試用していただけないでしょうか？　もちろんこの代金は請求いたしません」

「よっ、よろしいのですか!?」

「はい。いつも『私の商会』にはお世話になっておりますので……もし気に入っていただけましたら、購入やレンタル契約などを検討してださるとありがたいです」

「レンタル……ですか？　それは一体どういった形の契約なのでしょうか？」

「この仮設足場を一定期間貸し出す代わりに、一定の料金を支払ってもらう契約です。例えばこの仮設足場一式に金貨十枚の価値があるとして、その仮設足場一式を一日当たり鉄貨一枚で貸し出すといった形の契約を指します」

「買い取るわけではなく、期間を決め、その分の金額をお支払するということですね……たしかに安上がりですね。わかりました。ぜひ試用させてください」

「はい。ぜひお願いいたします。もし製品に問題がある場合は連絡をください」

「承知いたしました」

俺は収納指輪から仮設足場を取り出すと、倉庫の隅に置いていく。

ほぼ同時に『私の商会』の従業員さんが、スタンさんに声をかける。

「スタン様。作業が終了いたしました」

「ご苦労様です。それでは悠斗様。昨日卸していただいたモンスターと、ポーションの査定結果をお伝えいたします」

ちょうどよいタイミングで、昨日卸したモンスターの解体が終わっていたらしい。

「ポーション、素材ともに状態が素晴らしく、モンスターにいたっては、まるでつい先ほどまで生きていたかのような鮮度でした」

まあ、時間経過のない収納指輪に収めていましたから。

「査定結果として、白金貨一万枚でいかがでしょうか」

この前、家を買った時の十倍の金額があっという間に手に入ってしまった。

「その金額で問題ありません」

「ありがとうございます。それでは、こちらをお渡しします」

俺はスタンさんから白金貨一万枚を受け取ると、収納指輪に収めていく。

「それでは、またポーションの納品に伺います。これからもよろしくお願いします」

「ええ、こちらこそよろしくお願いします」

俺はスタンさんと固い握手を交わすと、『私の商会』を後にした。

12 紙祖神《しそしん》出現

数日後、邸宅にスタンさんが飛び込んできた。

住所は仮設足場の試用分を渡した時に一緒に伝えていたからな。

「悠斗様の作成された仮設足場が大評判です！　特に高階層の建物を建てたい貴族からの注文が殺到しており、このままでは試用分でいただいていた足場が足りなくなりそうなので、足場一式を売ってはいただけませんでしょうか⁉」

元の世界の知識が思わぬところで役に立った。

作業員も危険な足場で作業するより、こっちを使ったほうがいいに決まっている。

「わかりました。すぐに手配いたします」

「そ、そうですか！　ありがとうございます」

そう言うと俺はスタンさんに契約書を書いてもらい、後日足場を送ることを約束した。

スタンさんは満面の笑みで『私の商会』に戻っていったのだった。

俺はリビングにいた屋敷神《ウチガミ》さんに報告しにいく。

「やったよ、屋敷神《ウチガミ》さん！　迷宮壁で作った仮設足場が売れたよ」

「おめでとうございます。悠斗様」

「ありがとう！　これも屋敷神《ウチガミ》さんのおかげだよ」

元の世界にあったものとはいえ、実際に作ったものが売れるのは嬉しい。

「では、悠斗様。仮設足場の作成は、私に任せていただけますか？」

「えっ、屋敷神《ウチガミ》さんが作ってくれるの!?」

それはありがたい話だけど、屋敷神《ウチガミ》さんは邸宅の守護も担当しているし、これから子供達に勉強を教える時間が増える。

そんなに働いて大丈夫だろうか？

「はい。警備に関しては、邸宅内で見回りをしているのですが、土地神《トチガミ》が邸宅外を警備してくれているのですることがないのです」

たしかに、土地神《トチガミ》さんの警備を越えて入ってくる不審者なんてそうはいないだろう。

「それなら別に休んでくれても大丈夫だよ？」

そう言うと屋敷神《ウチガミ》さんは首を横に振る。

「そうは参りません。私は邸宅の守護者として、迷宮の維持・発展に努める義務がございます。悠斗様のためになると知ればなおのことです」

そう言ってくれるのは嬉しいけど、気持ちが重い。

「そ、それじゃあ、お願いしてもいいかな？」

「はい。代わりにと言っては何ですが、一つだけ悠斗様にお願いが……作成した仮設足場を置く場所が欲しいので、もう三階層ほど、追加で迷宮を拡張していただいてもよろしいでしょうか？」

「うん。迷宮核《コア》に魔力を注げばいいんだよね」

「はい。よろしくお願いします」

早速、地下室に行くと、迷宮核《コア》に魔力を込めていく。

「これだけの魔力があれば大丈夫です。ありがとうございます」

毎度のことながら、いまいち実感が湧かない。

とりあえず、明日には新しい階層が地下に増えるそうだ。

「それじゃあ、仮設足場の作成よろしくね」

「はい。身命を賭《と》して、必ずやり遂げてみせます」

そんなに気張らなくても……

「ま、まあ、ほどほどにね。そういえば、あと一週間くらいで魔法学園の入試だけど、子供達の様子はどう？」

現在、午前中は土地神《トチガミ》さんが実技試験を、午後は屋敷神《ウチガミ》さんが文字を教えている。

「そうですね。実技試験については問題ないと思います。また文字の勉強についても、子供達の意欲がすさまじく、既に読み書きは生活を送る上で問題ないレベルになっております。現在は、数について教えている最中です」

たった数日で文字の読み書きまで覚えるとは、将来有望な子供達である。屋敷神さんの教え方もいいのかもしれない。

これなら魔法学園の入試までの間に、四則演算くらいまでできるようになるかもな。

「ただ、メモ代わりに使用している木版が足りなくなってきまして、少々困っております」

「えっ、木版が？」

「はい」

ウェークでは、基本的に木版や羊皮紙を紙の代わりに使用している。

最近になって、商人連合国アキンドで売り出されているアキンド紙と呼ばれる、水草の茎《くき》から作られた紙が出回るようになってきたが、値段の高さから一般にはまだまだ浸透《しんとう》していない。

そのため、文字や数の勉強をする際は、地面に書いたり、木版に刻んだりするのが主流だ。

いっそのこと、自分達で紙を作るか。

「ちょっと待ってね。紙の作り方を調べてみる」

収納指輪から叡智の書を取り出して検索すると、二件ヒットした。

紙の作り方まで掲載されているかどうか不安だったが、どうやらちゃんと収録されているようだ。

一つ目が、木材などの植物から繊維を取り出し、『生活魔法』の『洗浄』で不純物を取り除き、それを機械で叩解《こうかい》し、薬品を混ぜ、紙をすき、乾燥させて作成する方法。

手順が専門的すぎて、よくわからなかったな。

二つ目は、紙の作り方とは違うようだ。『召喚』スキルで紙祖神という製紙の神様を召喚し、木材を渡して紙に変換してもらう方法だ。

『召喚』スキルで、紙祖神を召喚すれば、簡単に紙が手に入るのか。かなり手っ取り早い方法を見つけてしまった。

すぐに屋敷神《ウチガミ》さんに方法を説明し、木材を持ってきてもらうようお願いする。

「木材ですか。それでは、迷宮から採ってきます。悠斗様は、紙祖神の召喚をお願いします」

「うん。やってみるね」

俺はそういうと『召喚』スキルで紙祖神を召喚することにした。

バインダーをめくり『天』のカードを手に取ると、俺の目の前に、扇《おうぎ》を持った美しい女性が現れる。

「悠斗様。この度は、この私をお呼びいただき、誠にありがとうございます。私を召喚したということは、紙をご所望でしょうか？」

「うん。お願いできますか？」

「承知いたしました。して、紙に換えるための木材はどちらに？」

「いま、家の者が木材を採りに迷宮に潜っている最中ですので、もう少々、お待ちいただけますか？」

すると、紙祖神さんが目を見開き、こちらに歩み寄ってきた。

「悠斗様は、迷宮をお持ちなのですか!?」

紙祖神さんのあまりの眼力に後退《あとずさ》る。

「は、はい。一応迷宮の主です。でも、それがなにか……」

「それでしたら、私に迷宮を一階層……いえ、一階層の四分の一でも構いませんので、自由に使わせていただけないでしょうか？　対価として、月に三百九十万枚の紙を提供させていただきます」

「つ、月に、三百九十万枚ですか⁉」

紙祖神さんに聞いてみると、基本は木一本につき、元の世界のＡ４用紙換算で一万三千枚の紙を作ることができるらしい。しかし迷宮の一階層を与えれば、紙を交換材料なく渡してくれるようである。

一気に紙不足が解決しそうな話になってきた。

そうしている内に、屋敷神《ウチガミ》さんが戻ってくる。

「悠斗様、木材の用意が整いました。一階層まで来ていただいてもよろしいでしょうか？」

「ありがとう、屋敷神《ウチガミ》さん。でも紙祖神さんが迷宮の階層の四分の一を自由に使わせてくれるなら、毎月三百九十万枚の紙を提供してくれるらしいんだ……どう思う？」

紙祖神さんから言われたことをそのまま屋敷神《ウチガミ》さんに伝えると、考えることもなくあっさり答えてくれた。

「四分の一とはいわず、一階層丸々差し上げてはいかがでしょうか？　そういえば、ロキ様とカマエル様も階層が欲しいと言っていたような……」

「そうなんだ……」

まあロキさんとカマエルさんのことはいったん置いておくとして、紙祖神さんの件はこちらとしてもありがたい申し出だ。

屋敷神《ウチガミ》さんの許可も出たので、俺は紙祖神さんに結論を伝えた。

「明日、迷宮核《コア》に魔力を込めるから、その後は自由に使ってくれて構わないよ。ただ、せっかく屋敷神《ウチガミ》が木材を集めてきてくれたんだ。この分だけは紙に換えてくれないかな？」

「ええ、喜んで」

紙祖神さんはそう言うと、一緒に木材のある一階層に向かい、集めた木材を紙に換えていく。

一瞬で大量の紙が目の前に積み上がった。

「紙祖神さんありがとう！　それじゃあ、また明日召喚するね！」

「ええ、心待ちにしております」

そう言って紙祖神さんは、ポンッという音を立てて『天』のカードに戻っていく。

俺は『天』のカードをバインダーにしまうと、紙の管理を屋敷神《ウチガミ》に一任し、地上に戻ることにした。

その途中、カマエルさんとロキさんがこちらに向かって駆けてくる。

「悠斗様！」

「悠斗様〜！」

「えっ？　カマエルさんにロキさん？　『召喚』してないのに、なんでここに……」

「そんなことより紙祖神から話は聞いたぞ！　私にも一階層使わせてくれっ！」

「元々、迷宮核《コア》の設置を提案したのはボクだよ！　ボクに一階層くらい使わせてくれても罰は当たらないんじゃないかなぁ～？」

なるほど、さっきの話がもう伝わっていたようだ。すごい執念である。

「ごめんごめん。あとで言おうとは思ったんだけど……それで、なんでカマエルさんとロキさんがここにいるの？　俺、召喚していないよね？」

「言ったでしょ、条件さえ揃えば、自由に顕現できるって」

「そういえば、その条件って何だったの？」

俺が尋ねると、ロキさんは指を二本立てた。

「条件は二つ。既に『召喚』スキルで呼ばれていること。『召喚』スキル保持者が迷宮主であることだよ。顕現することができるのは、基本的に迷宮内に限られるけどね♪　それで、階層の件の返事は？」

あげると言うまで引き下がらないという強い意志を感じた。

「わかったよ。そこまで言うなら、カマエルさんと、ロキさんにも一階層ずつプレゼントするよ」

「「ほ、本当に⁉」」

「うん。迷宮攻略ではお世話になっているからね」

そう言うと、カマエルさんとロキさんがハイタッチを交わす。

この二人がハイタッチとは……相当嬉しいらしい。

「それじゃあ、明日、紙祖神さんと一緒に召喚するね。階層をあげるのはその後で……」

「「わかった！」」

そう言うと、カマエルさんとロキさんは、光の粒となって消えていく。

どうやら天界に帰ったようだ。

屋敷神《ウチガミ》さんが俺とカマエルさん達のやり取りが終わったのを確認して、声をかけてきた。

「そういえば、悠斗様にご報告があったのです。実は……」

屋敷神《ウチガミ》さんの話を聞き、俺はうんざりした。

「またですか……」

実は、邸宅を購入してからというもの、毎日のように、強盗や泥棒が敷地に入り込もうとしてくるのだ。

どうやら、金を持った子供が四人で住んでいると有名になっているのが原因みたいで、入り込まれる度に、屋敷神《ウチガミ》さんか土地神《トチガミ》さんが捕らえているのだが、キリがない。

「今回も、捕らえた犯罪者を冒険者ギルドに運んでいただけないでしょうか」

「わかった。ちょっと行ってくるよ」

強盗や泥棒は子供達の目に触れないよう、地下一階にある牢屋に閉じ込めてある。

もちろん、建物内の情報が漏れても困るので、強盗や泥棒達の記憶を『闇属性魔法』で消すことも忘れない。

俺は強盗達を『影収納《ストレージ》』に沈めると冒険者ギルドに向かった。

「ようこそ、冒険者ギルドへ。こちらの席にお座りください。本日はどのようなご用件でしょうか」

「はい。また邸宅に強盗と泥棒が入りまして……地下牢まで案内していただけますか？」

そう言うと、受付の女性はため息を吐く。

この件で何度か対応してくれているだけに、かなり呆れた表情をしていた。

「またですか……案内いたしますのでついてきてください」

受付の女性は、離席中の札を立てると、冒険者ギルドの地下牢まで案内してくれた。

地下牢の半分以上が、既に埋まっていた。そのほとんどが俺の邸宅に入り込もうとした強盗または泥棒達だ。

俺の顔を見るや否や、声を荒らげ威嚇《いかく》してくるものも多い。

俺は素知らぬ顔で牢屋内に影を伸ばすと、『影収納《ストレージ》』から犯罪者を吐き出していく。

「受付のお姉さん。そろそろ一杯になりそうなんですけど、この人達はどうするんです？」

「この者達は、犯罪奴隷として奴隷商人に引き取ってもらいます。それと何度も対応しておりますので、そろそろジュリアという名前を覚えていただきたいのですが……」

お姉さん——ジュリアさんに謝りつつ、奴隷商人という言葉でスヴロイ領に来る前に出会ったハメッドさんを思い出した。

そういえば、ハメッドさんが向かった場所も王都だったような……

子供達のことを気にしていたようだから、一度会わせてあげたいんだけど……

「ジュリアさん。もしかして、この人達を引き取りに来る奴隷商人って、ティップ商会のハメッドさんだったりします？」

「おっしゃる通りですよ。どこかでお会いになられたことがあるのですか？」

「前に一度だけ。それで、いつギルドに来られるんですか？」

「本日来訪予定ですよ」

ジュリアさんと話していたら、階段を降りて誰かがやってくる足音が聞こえてきた。

視線を向けると、ハメッドさんがこちらに向かってくるところだった。

「おや、そこにいるのは……悠斗殿？　なんでこんなところに……」

俺の姿を見てハメッドさんは目を丸くする。

「お久しぶりです。ハメッドさん、実はあの後、王都に移動したんですよ。今日は冒険者ギルドに用があって」

「そうでしたか……お久しぶりです。子供達は元気にしていますか？」

「元気ですよ。一週間後に魔法学園の入試を受ける予定なので、いまは入試に向けて、勉強をしている最中です」

そう伝えるとハメッドさんはさらに驚いた表情を浮かべる。

「ほう。魔法学園ですか。ということは、この街に拠点を構えたのですかな？」

「はい、家を最近買いまして……もしよかったら遊びに来てください。子供達も喜ぶと思います」

そう言って、俺はハメッドさんに簡易的にまとめた邸宅の地図を渡す。

「おや、これは紙ですか？　いや、しかしこんなに白い紙は見たことがない。アキンド紙でも、もう少し色はくすんで……」

しまった。紙は大量に手に入っていたので、つい渡してしまった。

俺がどう説明するか戸惑っていると、ジュリアさんがハメッドさんを呼んだ。

「ハメッド様。お話し中に申し訳ございません。犯罪者の件ですが……」

このままでは、いつまで経っても俺達の話が終わらないと判断したのだろう。

俺は今のうちに家に戻るとするか。

「では、ハメッドさん。時間がある時に是非来てください！」

「紙のことについても絶対教えてくださいね！」

ハメッドさんといったん別れ、犯罪者を引き渡した報酬を受け取った俺は邸宅に戻るのだった。


しばらく家でのんびりしていたら客人の来訪を告げる鈴が鳴り、土地神《トチガミ》さんがハメッドさんを連れてやってきた。

「こちらの席へどうぞ」

「ああ、ありがとう」

ダイニングに着くと、土地神《トチガミ》さんは椅子を引きハメッドさんを座らせ、退出していく。

「ようこそ、ハメッドさん」

「いやはや、この邸宅はすごいですな。記憶が正しければ、クロッコという貴族が所有していたはずですが……」

どうやらハメッドさんはクロッコ元男爵が捕まったことを知らないらしい。

「はい。そのクロッコ元男爵の邸宅を購入しました」

「そうでしたか、それにしても、いい物件を買いましたな」

「俺もそう思います。特にお風呂がすごいんですよ。もしよかったら、泊まっていってください」

「いえ、流石にそういう訳には……」

すると、部屋の外から子供達の声が聞こえてくる。

どうやら土地神《トチガミ》さんは子供達を呼びに行ってくれたらしい。

「「「ハメッドさんがいるって本当⁉」」」

ダイニングの扉が開くと、子供達が雪崩《なだ》れ込んできた。

「久しぶりだな。ケイ、フェイ、レイン。元気にしていたかな？」

「「「うん！」」」

三人は大きく頷くと、嬉しそうにハメッドさんに話しかける。

「私達、魔法学園を受験するんだよ」

「俺、魔法が使えるようになったんだ！」

「勉強も教えてもらえた。ハメッドさんありがとう……」

「そうか、そうか……それは、よかった。大切にしてもらっているようで、本当によかった……」

俺のことを信じていなかったわけじゃないんだろうけど、子供達のことを見るまでは少し不安に思っていたのだろう。

ハメッドさんは椅子から立ち上がると子供達のもとに駆け寄り、抱きしめた。

そして俺に顔を向ける。

「悠斗殿、子供達をあなたに引き取ってもらって本当によかった。これからも子供達をよろしくお願いします」

「はい。もちろんです。もしよければ、仕事の合間にでも、子供達の顔を見に来てください」

俺自身、ハメッドさんには子供達の成長をちょくちょく見に来てほしいと思っている。

「是非そうさせてください……ところで、話は変わりますが、冒険者ギルドで見せていただいたこの白い紙は一体？」

「ああ、これは神様にお願いをしたら、木材と紙を交換してくれたんですよ」

俺は、なにひとつ嘘は言っていない。というか、これ以外の説明のしようがない。

問題はハメッドさんがこれをどう受け取るかである。

「なるほど、神様に木材を……ちなみに、その紙を私に売っていただくことは可能でしょうか？」

まさか全面的に受け入れられるとは思わなかった。

ハメッドさんは、俺の話を聞いていたのだろうか？

俺は紙を収納指輪から取り出す。この紙は、元の世界の規格であるＡ４サイズにカット済みだ。

「そうですね。このサイズの紙であれば、月三百万枚までお売りすることができます」

俺がそう言うと、ハメッドさんは口に手を当て考え込む。

「そんなにですか！　一枚あたりいくらで売っていただけますか？」

「そうですね……」

正直言って元手がタダなので、売価はいくらでもいい。それに、子供達がお世話になったし、将来的にはこの世界の人々に紙を安い値段で使ってもらいたいという思いもある。

ちなみに、木版一枚で銅貨五枚、羊皮紙で鉄貨一枚、アキンド紙で銀貨五枚だ。元の世界でいえば順に、五十円、百円、五千円くらいの金額か。それを考えると……

「そうですね。一枚当たり銀貨一枚でいかがでしょうか？」

アキンド紙より安くなれば、色んな人の手に渡りやすくなるかもしれない。

そう金額を提示すると、ハメッドさんが驚愕する。

「ゆ、悠斗殿！　この紙の価値を本当にわかっていますか!?」

えっ、なに!?

急にハメッドさんが怖い顔をした。何かまずかっただろうか。

「本来、そのような金額で買えるような代物ではないのですよ？　ああ、なぜこんな値段で売ろうと考えたのですか!?　ありえない！」

なるほど、あまりにも安く提示しすぎたために心配してくれていたのか。

若干怒ったような表情のハメッドさんに自分の考えを説明する。

「紙自体は安定的に供給することができますし、なるべく安価で提供することにより、既存の羊皮紙やアキンド紙の価格も下げていきたいなと思いまして……」

「なっ、なるほど……紙を安く流通させることにより、羊皮紙やアキンド紙の価格を相対的に下げるというお考えでしたか。声を荒らげて申し訳ございません。あまりの安さに驚きまして……」

「いえいえ、気にしていませんよ」

「そ、それでは本当に一枚あたり鉄貨一枚で売っていただけると？」

「もちろんです。ただし、取引は月末に一度、三百万枚の紙をティップ商会に卸す形でもよろしいでしょうか」

流石に毎日紙を納品するのも大変だし、できれば一回で済ませたい。

「わかりました。では、一回目の取引時に契約を結ぶことにしましょう」

「はい。それで問題ありません」

「本日は子供達の顔を見ることができてよかった。泊まりのお誘いも嬉しかったですが、明日は外せない予定がありまして、ここで失礼させていただきます」

「はい。またいつでもいらしてください」

ハメッドさんは子供達に手を振り、名残惜《なごりお》しそうに帰っていった。

13 神達の懺悔《ざんげ》

翌朝、俺が気持ちよく寝ていると、カマエルさんとロキさん、紙祖神さんがベッドを取り囲み、大きな声を上げる。

「悠斗様！　起きるのだ！」

「悠斗様〜。ウェイクアップだよ♪」

「悠斗様、いますぐ起きて迷宮に参りましょう」

「うっ、うわっ⁉　一体なにっ！　どうしたのっ？」

カマエルさん達の声に驚き、ベッドから跳ね起きる。

「ようやく起きたか……」

「どっ、どうしたのさ、こんなに朝早く」

窓を見ると、まだ夜明け前のようだ。空がほんの少しだけ白んでいる。

「なにを言っている。もう明け方四時ではないか！」

「そうだよ〜よい子は起きる時間だよ♪　そんなことより早く階層を作ろうよ♪」

「まったくもってその通りです。早く迷宮核《コア》に魔力を注ぎ、階層を作成しましょう」

カマエルさん達三人が口々に騒ぎ立てるが、さすがにこんな時間から動きたくない。

「まだ四時じゃん……俺はまだ寝たいの」

そう言って、布団を被るが、カマエルさんにすぐに引《ひ》き剝《は》がされる。

そのままロキさん、紙祖神さんに両腕を掴まれ、起こされてしまった。

「いや、ちょっと止めてほしいっていうか……えっ、ちょっ！　ちょっと待って〜！」

そう言いながら抵抗するも、カマエルさん達の手は止まらない。

カマエルさん達により強制的に着替えさせられた俺は、仕方なく迷宮核《コア》が安置されている地下室の階段を降りていく。

カマエルさん達は、この時を相当楽しみにしていたようで三者三様にテンションが高い。

ロキさんが言うには、俺が迷宮核《コア》に魔力を注いでいる間に誰かが俺の手に触れていれば、その人のイメージ通りの階層が作れるらしいのだ。

三人は自分好みの部屋を作れることが楽しみなのだろう。

それにしても、午前四時に俺を叩き起こしてまで、迷宮内に階層を作れと言ってくるとは思いもしなかった。カマエルさん達には、天界に帰る場所がないのだろうか？

気になった俺はカマエルさん達に聞いてみることにした。

「先に聞きたいんだけどさ、カマエルさん達は、なんでそんなに迷宮内に自分の場所が欲しいの？」

「「「………………」」」

俺の質問に全員が黙り込んでしまう。

だ、大丈夫だよね⁉　自己中心的な考えしかできない大天使と神に階層を作った揚句、その階層を好き勝手に使われまくるなんてことないよね⁉

「えっ？　なんで黙っているの？」

そう問いかけると、カマエルさん達は一人ずつ理由を語り始めた。

「だって、仕方がないではないか……」

「えっ？　なにがっ……」

「聞いてくれ、悠斗様！　私が以前、ちょっと『召喚』スキルで召喚された時の話だ。召喚主に言われるがままに、部下の天使を召喚し、侵略戦争をけしかけたことがあるのだが……主の望み通りに敵を国ごと殲滅《せんめつ》しただけだというのに、他の神や天使がこの私に白い目を向けてくるのだ！」

いや、そりゃあそうでしょ……侵略戦争はだめだよ。

「揚句の果てに、『君の力が必要なんだ。もし、君の力でこの聖戦に打ち勝つことができたなら、君の名前を国の名前にしよう』とか言っていた召喚主が付けた国の名前が『マデイラ王国』だぞ!?　奴は私を利用するだけ利用した挙句、隣国との戦争に勝った後で、自分の名前を国名にしたのだ！　許せないと思わないか!?」

カマエルさんの口から次々と衝撃の事実が語られている気がする。

まさかマデイラ王国誕生秘話を、こんなところで聞かされるとは思わなかった。

「それに、マデイラの奴は元々、地球というところから来た転生者だったらしい。『召喚』スキルを元に私達が協力し、『異世界人召喚の儀』を開発したんだが、時間軸がズレまくりで地球に帰ることができないと嘆いていたな。ざまぁみろってんだっ！」

ここに来てさらなる爆弾が投下された。

カマエルさん、俺の異世界転移にガッツリ関わっているじゃないかっ！

それに地球に帰れないという恐ろしい事実を聞いてしまった気がする。

流石に何かしら帰る手段はあるよな……？

「コホンッ……つい感情が乗ってしまったが、召喚主に踊らされた私を可哀相だとは思わないか？」

「いや、思わないよ！」

ほとんど自業自得だと思ったが、カマエルさんは俺の回答にショックを受けていた。

意気消沈するカマエルさんを後目《しりめ》に、今度はロキさんが話し始める。

「ボクはカマエルみたいに大それたことはしていないよ～。ボクがやったことと言えば、ボクの子供達を蔑《ないがし》ろにした、なんの取り柄もない神々の顔を醜悪《しゅうあく》な顔に変えたり、神が集う宴会の席で、神々の犯した罪や受けた恥辱を暴露したりしただけさ♪」

カマエルさんの侵略戦争に比べれば、まだ可愛い気がする。

子供達を蔑ろにした相手に反撃をするという話にも、なんとなく共感を覚えるけど……やっぱりやり過ぎだ。天界の住人は加減ができないのだろうか。

「悠斗様、私はお二人のような愚かなことはしておりません。なにしろ、私の能力は木材を紙に換えるだけの平和的なものですから」

「まあ、たしかに……」

カマエルさんやロキさんのようなとんでもないエピソードはないだろう。

「ただ、ちょっとした興味から、神々が大切にしていた『世界樹』などの天界の大樹の枝を紙に換えるという実験をしておりました。木材の品質により紙の品質が上がることを確認しましたので、試したいと思いまして……」

いや、枝とはいえ天界に生えている樹を紙にしちゃ駄目でしょ。

「まあその結果、天界の樹からは破っても無限に再生する『再生紙』を創ることができましたが」

「えっ、なにその、便利すぎるアイテム。超欲しいんだけど」

「もちろん、悠斗様が望むのであれば差し上げます……その代わり絶対誰にも話さないでくださいね」

そう言って紙祖神さんは話を終えた。

「まあ、私達が言いたいのは、私達は全く悪くないということだな。決して、白い目が気になるから新しい居場所を求めているわけではないぞ？」

カマエルさんの発言を聞き、いったいなぜ迷宮に階層を作らせようとしたかわかった気がする。

専用の階層を作るか判断に迷うところだが、今まで何度もカマエルさん達には助けられてきたし……迷宮攻略の際、側にいてくれなかったら今頃死んでいたかもしれない。

結局、俺はカマエルさん達の要望通りに迷宮核《コア》に魔力を流すのであった。


数日後――

ようやく迎えた子供達の入学試験当日。

俺は、深刻な寝不足に陥っていた。

冒険者ギルドで試験内容を聞き、対策は万全。

子供達の練習を見るに、試験に落ちる可能性は微塵もない。

……にも拘わらず、入学試験前々日から、なぜだか頭が冴え渡ってしまい睡眠を取ることができなかったのだ。

「悠斗様、少し横になられては……」

「いや、大丈夫……すごく……いや、少し眠いけど、まったく問題ない。俺は子供達の雄姿《ゆうし》を目に焼き付けたいんだ」

勝手に落ちてくる瞼《まぶた》を一生懸命持ち上げながら屋敷神《ウチガミ》さんに向き合う。

「あれ、おかしいな？　屋敷神《ウチガミ》さんが俺に見える」

「悠斗様……私はこちらです。鏡と向き合ってどうするのですか……やはり、お休みになられた方が……」

「い、いや……今のは冗談だよ。ちゃんとツッコミを入れてくれるか屋敷神《ウチガミ》さんを試したんだ」

「そうですか……」

俺がそう言うと屋敷神《ウチガミ》さんがため息をつく。

「それでは、せめてこちらをお飲みください」

そういうと、屋敷神《ウチガミ》さんは俺の作った上級ポーションを取り出した。

「ああ、ありがとう」

俺は屋敷神《ウチガミ》さんから上級ポーションを受け取ると、腰に手を当て、飲み干す。

上級ポーションはこの世界に住む人にとって、栄養ドリンクのようなものだ。

一口飲むと、瞼の重みが消え、ボーっとしていた頭はクリアになり、身体の不調が嘘のように取れていく。

「ふう……屋敷神《ウチガミ》さん、ありがとう！　眠気がだいぶとれたよ」

「とんでもございません。しかし、飲みすぎには注意ください」

「うん！　それじゃあ、みんな！　入学試験頑張ろう！」

睡眠不足の時のハイテンションな感じはそのままに、眠気だけを上級ポーションで打ち消した俺は、テンション高らかにこう叫ぶ。

「絶対合格するぞ。おー！」

「「「……お〜！」」」

「テンションが低いぞ、ケイ、フェイ、レイン！」

俺がそう言うと、屋敷神《ウチガミ》さんが止めに入ってきた。

「悠斗様、もうおやめください。子供達が引いております」

えっ、子供達引いてるの？

屋敷神《ウチガミ》さんの言葉に、俺はすぐ冷静になる。

「ご、ごめんね……ケイ、フェイ、レイン。俺、ちょっとテンションが高くなっちゃっただけなんだ」

「わかっているよ。悠斗兄！　今日は絶対に合格してくるから応援してよね！」

「俺も絶対合格する！」

「悠斗兄は私達の試験を見守っていて……」

「ケイ、フェイ、レイン……」

俺が目頭に涙を浮かべていると、屋敷神《ウチガミ》さんがヤレヤレと首を振る。

「悠斗様。このままでは、試験時間に遅れてしまいます」

「そ、そう？」

「はい。ケイ、フェイ、レインの頑張りを無駄にしないためにも、試験時間に遅れぬよう魔法学園に参りましょう」

俺は仕方がなく、会話を切り上げると、子供達とともにティンドホルマー魔法学園に向かうことにした。


ティンドホルマー魔法学園に着くと、多くの受験生が列を成して並んでいた。

「おかしいな、試験時間の三十分前にきたつもりだったんだけど……」

列に並んでいるだけで、一時間くらいかかりそうだ。

俺達が並んでいると、後ろから大きな声が聞こえてくる。

「なぜ子爵の息子の私が下賤《げせん》な者どもと同じ列に並ばねばならんのだ！」

「それは、お父上も仰られていた通り、息子であるオタワ様は子爵ではないためです。その凝り固まった考えを直してくるまでは、この家の敷居を跨《また》ぐなと言われたではありませんか……」

諫《いさ》める声は従者だろうか。子爵の息子とやらは典型的な馬鹿息子のようだ。

「そんなのは知らん！　仮に、父上がそう言ったからといって、どうなのだ！　お前さえその報告をあげなければ、私はなに不自由なく生活ができるというもの。そうであろう！」

あんなのがいるなんて不安だ。合格するかわからないけど。

「……とりあえず、うちの子供達になにかしてきたら徹底的に潰してやろう」

「悠斗兄、そんな怖いことを、言葉に出さないでよね……」

俺の発言にレインが反応し、注意してくる。

「ごめんごめん……まあ、善処するよ」

そう呟くと、俺は子供達とともに受付の列に並ぶことにした。

受付に並ぶこと数十分、ようやく俺達の順番が回ってくる。

「ティンドホルマー魔法学園にようこそ！　入学試験を受けるのは、四人でよろしいですか？」

「えっ？」

なんで四人？

まさか俺まで入学試験を受けると思われているわけじゃないよね？

「えっと、俺は保護者なので……この子達、三人でお願いします」

俺がそう言うと、受付の女性は驚いたような顔を浮かべた。

どうやら俺も一緒に受けるものだと思っていたようだ。

たしかに背は低いし童顔かもしれないけど、それはまだ十五歳という年齢だからだ。これから身長も伸びる予定である。

「失礼いたしました。それでは、こちらの名簿に名前の記入をお願いします」

俺が見守る中、子供達は名簿に名前を書いていく。

書き終わると、受付の女性が番号を書いた受験票と魔法学園の案内図を渡してきた。

「入学試験は、あちらの建物で行っております。試験を受ける際に受験票が必要となりますので、なくさないようお気を付けください。また、試験が終わりましたらそのまま帰っていただいて構いません。合否については、各試験会場で言い渡されます。三つの試験の内、二つの試験を突破すれば合格です。特待生かどうかについては、一週間後、こちらの掲示板で貼り出されます」

そう言うと、受付の女性は体育館のような建物を指さした。

どうやら、あの建物で入学試験を行うらしい。

「それじゃあ、行ってみようか」

体育館に辿りつくと、多くの受験生が水晶に魔力を流し一喜一憂《いっきいちゆう》している。

中には顔色の優れない子供達もちらほら見られた。あまりいい結果を出せなかったらしい。

「この会場では、魔力測定を行っています。まだ測定していない方はこちらにお願いします」

三人を連れて向かうと、受付の試験官が声をかけてきた。

「あら〜、可愛らしい四人組ですね。一番背の高いお兄ちゃんは何歳かな？」

「えっ……」

その『一番背の高いお兄ちゃん』とは俺のことじゃないよね？

まさかと思いつつ、とりあえず年齢だけ答えることにした。

「じゅ、十五歳です……」

俺がそう答えると、気まずそうな空気が流れる。

「じゅ、十五歳かぁ〜。ご、ごめんね！　普通に成人だったね。受験票も持ってないみたいだし」

大丈夫です。大丈夫です。慣れていますし、この流れ……

「じゃあ、そこのお兄さんは置いておいて……それじゃあ、気を取り直して試験を始めようか。試験の判定基準は、この水晶に魔力を流し黒色以上に輝かせること！　まずは、この水晶に魔力を流してくれる？」

この水晶に魔力を流すと、下から白、黒、灰、青、黄、銀、金の序列で光を放つそうだ。

その中で黒以上だから、三人なら多分心配ないだろう。

「そ、それじゃあ、やってみるね」

説明を聞いた、子供達は水晶に魔力を流していく。

結果は、ケイとレインが金色、フェイが銀色の光を出した。

心なしか受付の女性の顔が引き攣っているように見えるが、きっと気のせいだろう。

「それじゃあ、次の会場に行こうか」

受験票に合格印をもらうと、俺達は次に的当ての会場に向かうことにした。

的当ての会場はまるで、弓道場のような設備だった。

奥には、的となる岩人形が並んでいる。

「あれ？」

目を凝らすと、岩人形に魔力を感じる。『鑑定』してみると、『魔法耐性』というスキルが岩人形に付与されているようだ。

おそらく、的である岩人形が攻撃を受けても簡単に壊れないよう耐性スキルを付与しているのだろう。

この『魔法耐性』を詳しく『鑑定』してみると、魔法攻撃を六十パーセントカットする効果があるらしい。

「みんな、あの的。壊れないように魔法が付与されているみたい。全力の魔法を的に叩き込んで」

俺はすぐさま、子供達に全力で魔法を叩き込むよう指示をした。

きっと、あれを壊すことが合格条件なのだろう。

後ろで、的を壊すことができず悔しがっている貴族っぽい子供の姿を見れば、それくらいのことは理解できる。

だが、うちの子供達の力を舐めないでもらいたい。

「それでは、あの的に魔法を当ててください。もちろん、魔法を当てて壊しても問題ありません」

試験官がそう言うと、子供達は手のひらに魔力を溜め、的に向かって『爆発《エクスプロージョン》』を放った。

すると重低音とともに、的の岩人形が木っ端微塵《こっぱみじん》に砕かれていく。

爆発音が収まると、試験官と貴族の子供が目を見開き、唖然としていた。

「え、詠唱破棄だとっ……それにあの威力……そんな馬鹿なっ……ご、合格です！」

やはり、的を壊すことが合格の条件だったようだ。

おそらく、この試験で合格者を絞るつもりだったのだろう。

「それじゃあ、最後の試験会場に行こうか」

俺達は受験票に合格印をもらうと、最後にシャトルランを行っている会場へと向かった。

この時点で試験自体には合格だが、せっかくなら練習の成果を出させてあげたい。

シャトルランを行っている会場では、子供達が息をつき、中には倒れこんでいる者もいる。

「それでは、次の組！　シャトルランを始める！」

その言葉に従い、子供達はシャトルランの位置につく。

子供達が位置についたことを確認すると、試験官は、早速スタートの音を流し始めた。

「五秒前……三、二、一、スタート～」

始まってまもなく、三十回に満たないうちに数名が脱落した。

シャトルランが始まって十数分、子供達が六十回往復した辺りで、ケイ達以外に残っていた子供達が表情を変えていく。

その後、徐々についていけなくなるものが増えていく中、ケイ、フェイ、レインは三人とも安定して回数を重ねていく。

シャトルランが始まってから三十五分以上が経ち、音が二百五十回を超えたところで、先に音の方が終わってしまった。

やはり試験でも、二百五十回以上の往復を行うことは想定されていなかったらしい。

だが、ケイ、フェイ、レインの三人ともまだまだ走ることができそうな様子だった。

試験官は、ぐったりとした表情のまま、受験票に合格印を押すと、駆け足でどこかに去っていった。

14　魔法学園合格とその後

「「「学園長！」」」

部屋の外が騒がしい。なにやら私、グレナ・ディーンを呼ぶ声が聞こえる。

今は試験中のはず、一体なにが起こっているというのでしょうか？

ドタドタ部屋の前まで来たかと思えば、ガンガンと私の部屋の扉を叩き、返事も待たずに部屋に入ってくる試験官達。

まったく、随分と乱暴なノックですね……入室許可もないまま入ってくるとは、仮にも教育者なのですから、そういった面もきちんとしてほしいものです。

そう注意しようとしたところで、試験管たちが口を開いた。

「「「学園長！　大変です！　とんでもない子供達が入学試験を受けに来ました！」」」

揃いも揃って嘆かわしい。

「まったく、あなた達は……まだ入学試験の真っ最中でしょうに……報告は、本日の入学試験終了後に聞きます。元の配置に戻りなさい」

そんなことを報告するために入学試験を抜けてきたのでしょうか？

どれほどとんでもないと言っても、子供達のレベルなのですからそう慌てることもないでしょうに。

「それで、いつまでそこにいるつもりなのですか？」

「「い、いえっ！　しかし、これだけはご報告しなければと思いまして！」」

「揃いも揃って同じことを……」

私はため息をつくと、仕方がなく試験官達の報告を聞くことにした。

「わかりました。それでは、報告をお願いします」

「はい。まず的当ての試験ですが、岩人形が壊れてしまい、試験続行が不可能となってしまいました」

「はあっ？」

なにを言っているんでしょうか、この馬鹿は？

岩人形には、『魔法耐性』スキルが付与されているので、そんじょそこらの魔法で壊すことはできません。

それに、的に当てるだけなのですから、破壊力のある魔法を使う必要はないでしょう。

数体ではありますが予備もあったはずです。

「岩人形が壊れるはずがないとは思いますが、壊れたものとして話を進めます。数体ほど予備があったはずです。それを使えば、試験継続は難しくないと思うのですが、いかがでしょうか？」

私がそう言うと、試験官がビクリと震える。

「その……実は、壊しても問題ありませんと私が軽口を言ったためか、岩人形を壊せばいい配点が貰えると勘違いした貴族の子供達が、こぞって強力な魔法を岩人形にぶつけ始めまして……」

「あなた、なんてことを言うんですか……」

壊しても問題ありません？

問題あるに決まっているでしょう！　あの岩人形高いんですよ⁉

私は試験官への怒りを押し殺して、言葉を続ける。

「仮に、岩人形を壊せばいい配点が貰えると勘違いをした子供達が、こぞって魔法を岩人形にぶつけても、壊れることはないでしょう？」

「いえっ……それが……岩人形が壊れないことに業を煮やした貴族の子供達が、直接、岩人形を破壊しまして……」

岩人形は見た目こそ固そうだし、魔法攻撃をほとんど弾くが、物理攻撃にはめっぽう弱く、少しぶつけただけで砕ける代物だ。

誰かしらが先導して何名かで直接倒したのだろうか。

「あ、あなたね……」

試験官の話を聞いていると、目眩《めまい》がしてくる。

それとともに、沸々《ふつふつ》と怒りが湧いてきた。

「そうなる前に止めなさいよ……その子供達は捕らえているのでしょうね？」

「そ、それが……すみません。貴族の子供を捕らえるというのは、ちょっと私には……」

ブチンと私の中でなにかが切れる音がした。

「ふふふっ、あなた……ふざけているの？　この学園では、貴族も平民も皆平等なのです。つまり、身分なんて関係ないの……」

「す、すみませんでした！」

「『すみませんでした』ではありません。『申し訳ございません』でしょうがっ！」

私がそう叱責《しっせき》すると、試験官が泣きそうな表情を浮かべる。

「この様子では、岩人形がすべて壊れてしまったのは本当のようですね……わかりました。本日の試験は、今を以て中止といたしましょう。これまでに合否が確定している子供については、後ほど報告を上げなさい。また魔法により壊された岩人形は、あなたが責任を持って弁償《べんしょう》すること。貴族の子供が壊した岩人形については、特定次第、その貴族に払わせなさい。わかりましたね？」

「は、はい！　この度は申し訳ございませんでした！」

「では、下がりなさい。次は、あなたですか？」

「はい！　本日シャトルランの試験で、複数の完走者が出ました！」

どうやら、転移者が提唱した試験、シャトルランで初の完走者が出たようだ。

私ですら、二百回いけばいい方だというのに、それを子供が行ったというのだからすごい。

「優秀な子供達が試験を受けに来てくれたようですね。それで、他に報告は？」

「いえ、ありません！」

「では、下がりなさい。最後は、あなたですか……」

「はい！　本日、魔力測定で、二人の子供が水晶を金色に、一人が銀色に光らせました！」

金と銀ですか……それはすごいことかもしれません。

それだけの魔力があれば、フェロー王国の筆頭魔法士を目指すこともできる。

岩人形を壊す破壊力のある魔法を使う子供。

魔力測定で水晶を金色や銀色に光らせるほどの魔力を身に宿した子供。

そしてシャトルランを完走する程の体力を持つ子供。

色々と問題はありますが、優秀な人が多くいるみたいですね。

「今年は豊作ですね。喜ばしいことです。それで、その子供達の名前はなんというのですか？」

興味を持った私は、子供達の名前を聞いてみることにした。

この魔法学園の未来を背負うことになるかもしれない子供達だ。名前くらいは覚えておくことにしよう。

「「「ケイ、フェイ、レインという三人の子供達です」」」

「ケイ、フェイ、レインですね。覚えておきます。それでは、あなた達は持ち場に戻り、本日の試験中止を発表してきなさい」

「「「はい！」」」

そう言うと、試験官は私の部屋を出ていくのだった。

◆◇◆◇◆

俺、悠斗は子供達と試験会場を出て、邸宅に戻っていた。

「悠斗兄、私達合格したのかな？」

その途中、ケイが心配そうに聞いてくる。

どうやら、すべての試験に合格したようだけど、いまいち実感が湧いていないらしい。

そんなケイの言葉にレインとフェイが答える。

「多分、合格した……合格印も押されてある」

「試験は終わったんだ。合格で間違いない」

しかしそう言う二人も、どこか浮かない様子だ。

少し沈みかけている空気を変えようと、俺は口を開いた。

「俺から見ても、合格は間違いないと思う。ケイ、フェイ、レイン。お疲れ様。家に帰ったら合格記念にパーティをしようか」

「「「うん！」」」

俺の言葉で三人とも晴れやかな顔になった。

そのまま邸宅に戻り、子供達の合格記念パーティの準備をする。

といっても、食料庫に食材を持ちこみ、屋敷神《ウチガミ》さんに料理を作ってもらうだけだ。

「これから子供達の合格記念パーティをしようと思うんだけど、料理を作ってくれない？」

「はい。なにかリクエストはございますか？」

やはり、合格祝いといえば、俺としてはショートケーキ一択だ。

でも、この世界に存在したっけ？

「屋敷神《ウチガミ》さんは、ショートケーキって知ってる？」

「聞いたこともないですが……作り方さえ教えていただければおそらく作ることができますよ」

その言葉を聞き、俺は屋敷神《ウチガミ》さんにショートケーキの作り方を教えていく。

材料は一部を除いて、この世界でも一部を除いて簡単に手に入れることができる。

俺監修のもと、屋敷神《ウチガミ》さんがショートケーキを完成させると、味見のためケーキを切り分けていく。

見た目は完全に元の世界のショートケーキだ。

味見のために口に運ぶと、クリームやフルーツの甘みが口の中いっぱいに広がる。

「これがショートケーキですか……初めて食べますが、これほど美味しいものを私は食べたことがありません……」

屋敷神《ウチガミ》さんは初めて食べる味に感激していた。

とはいえ、久しぶりに食べるショートケーキはたしかに美味い。

味見を終えた俺は、屋敷神《ウチガミ》さんに料理の準備を任せ、迷宮に籠っているであろうカマエルさん達を『召喚』で呼び出すことにした。

ロキさん、カマエルさん、紙祖神さんを召喚し、ダイニングに案内していく。カマエルさん達は迷宮に自分の別荘を作ることができてすっかりご満悦だった。

子供達の合格記念パーティにも快く出席してくれるようである。

カマエルさん達がダイニングの席に着く頃には、テーブル一杯に料理が並んでいた。

流石は屋敷神《ウチガミ》さん、仕事が早い。

子供達も既に席に座っており、フォークを手に待ち構えている。

全員が座ったのを確認して、俺は収納指輪から冷えた酒やジュースを取り出し配る。

「それじゃあ、皆さん！　子供達の魔法学園合格を祝ってかんぱ〜い！」

「「乾杯！」」

乾杯の音頭《おんど》とともに、軽く飲み物を飲むと、グラスを置き、俺以外の全員がショートケーキにフォークを刺した。

どうやら、全員揃って好きなものを先に食べるタイプのようだ。

神と天使、子供達が切り分ける前のショートケーキにフォークを刺した結果、ケーキのスポンジがはじけ飛び、クリームやフルーツがキラキラと光りながら、周囲の料理に落下していく。

戦国時代のような有様《ありさま》で、そこかしこでケーキを巡る動乱が起きていた。

いち早くショートケーキを口にした子供達は幸せそうな表情を浮かべているが、完全に油断していたロキさんは、悲壮感溢れる表情で、ショートケーキのかけらを口に運んでいる。

いまにも『秩序破り《トリックスター》』で因果律を改変し、満足にショートケーキを食べることができる運命に改編しそうな勢いだ。

みんな料理そっちのけで、ショートケーキの残骸にフォークを突き刺している。

そんな中、それを仲裁する存在が現れた。そう、屋敷神《ウチガミ》さんである。

「皆さま、本日は子供達の合格記念パーティです。それをお忘れなきようにお願いします」

屋敷神《ウチガミ》さんは主にカマエルさんやロキさんに向けてそう言うと、全員に三号サイズのホールケーキを配膳していく。

屋敷神《ウチガミ》さんがショートケーキを全員に配ったおかげで、ギスギスとした空気は一掃《いっそう》することができた。

俺は屋敷神《ウチガミ》さんに感謝の念を捧げると、みんなとともに子供達の合格を祝い、果実水が注がれたコップを傾けた。

「えっと、ショートケーキは美味しかったでしょうか？　今日は子供達の合格祝いです。皆さん全員にショートケーキが配られたようですし、改めて、乾杯の音頭をとりたいと思います。それじゃあ、皆さん！　改めまして、子供達の魔法学園合格を祝ってかんぱ〜い！」

「「乾杯！」」

仲間も増えて、子供達も入学試験に合格できた。

これからの異世界生活も楽しみだな。

◆◇◆◇◆

マデイラ王国の宰相から佐藤悠斗の暗殺を命じられて数日が経ち、王国の刺客の一人である俺、アイクにようやく千載一遇《せんざいいちぐう》のチャンスが巡ってきた。

先日、邸宅に潜り込もうとした時には、建物全体に展開されている見えない膜のようなものが邪魔をして入ることができなかった。だが今日は、それが張られていないようだ。

邸宅の住人達が寝静まったことを確認すると、周囲を警戒しながら、一緒に暗殺を命じられていた仲間達とともに屋根伝いに庭に降り立った。

しかし、地面に触れた途端、突然足元に虹色に光る魔法陣が現れ、俺は謎の光に包まれる。

次に目を開けた時には、空は赤く、下を見れば青い海が広がっている不思議な空間に立っていた。

もしかして、どこかに転移させられたのか？

「ここはどこだ？」

周囲を見回しながらそう呟く俺の前に、奥から一人の子供が近付いてくる。

「あれあれ～？　なんでボクのフロアに人が来ているのかな？　屋敷神《ウチガミ》と土地神《トチガミ》には、悠斗様の敵になりそうな悪い子がいたら、こっちに送るよう言ってあったけど……もしかして君達、悪い子？」

その子供はのんびりとした喋り方で、話しかけてくる。

「子供……？」

「ここはなんだ……」

「我々は邸宅に踏み込んだはず……一体、なぜ……」

「なんだ、この威圧感はっ！」

「ば、化け物っ⁉」

俺と一緒に魔法陣に呑み込まれた他の刺客達も口々に騒ぎ出す。

みんな、あの子供に対してただならぬなにかを感じ取っているようだ。

「化け物なんでひどいなぁ～♪　まあいいや。せっかく、ここまで来たんだから、ボクの子供達と遊んで行ってよ♪　さあおいで、ボクの子供達──『神獣召喚《サモン》』」

その子供がそう言った途端、身体を腐らせた死神のような異形が赤い空に、体長数百メートルを誇る大蛇が青い海に、目の前には巨大な狼《おおかみ》が現れた。

「ヘル、ヨルムンガンド。ボクは少し寝ているから、その間、この人達と遊んであげて。あっ、殺しちゃ駄目だよ～？　フェンリルはそこにいていいからね」

その子供は、ほほ笑みながらそう言った後、欠伸《あくび》をしてから狼の背に寝そべった。

それを合図とするように、赤い空からヘルと呼ばれたものが、青い海からヨルムンガルドと呼ばれた大蛇が襲い掛かってくる。

「た、退避！　どうにかして、この場所から逃げるんだっ！　ひっ⁉」

一人がそう叫ぶも、一瞬にしてヘルに先回りされ、捕まってしまう。

すると、ヘルに触れた部分がドロドロに溶け始めた。

――数時間後、俺の周りにはこの世の地獄のような光景が広がっていた。

ある者は四肢を欠損し、ある者の肉体は腐りかけている。これでも死ぬことができないのだから不思議だ。

俺も気付けば異形に両足を溶かされかけていた。

「あれあれ～♪　みんな生きてる～？」

すると、この状況を作り出した元凶が起きてきた。

「「「「…………っ！」」」」

声を上げようにも、痛みと恐れのあまり声を出すことができない。

「仕方がないな～」

子供がそう呟くと、身体の傷や痛みが消えていく。

「は～い！　これで痛くないよ、流石はボクだね♪」

欠損した部分まで治っているから驚きだ。この子供は一体なにがしたいんだ？

そんなことを考えていると、ヨルムンガルドが俺達全員の身体を抑え付けてくる。

縛り付けられ声も出せない俺達を見ながら、目の前の子供は何か考えているようだった。

「う～ん。ここで君達を殺すのは簡単だけど、それだとつまらないしなぁ～。そもそも、悠斗様にも止められているし、どうしようか……そうだっ！　殺さずに何か別のものに転生させるなら問題ないかもしれない！」

な、なにを言っているんだ、この子供は……

俺達を遊び道具にしているのか⁉

しかも、ターゲットである佐藤悠斗の名前を口にした。

この子供も、佐藤悠斗の関係者らしい。

「う〜ん。転生って言ってもなかなか受け入れられないよね〜。それじゃあボクが決めてあげる♪」

そして子供は、魔法のようなものをかけてきた。

みるみるうちに自分の身体が別のものに変わっていく感覚に、吐き気を覚える。

周囲を見回すとそこには、小さなドラゴンやゴブリンに変わってしまった仲間が呆然とした表情で立ち尽くしていた。

かくいう俺も全身緑で背が低くなっていた。ゴブリンに変えられてしまったのだろう。

俺達はとんでもない相手を敵に回していたのかもしれない、と今さらながら絶望する。

「それにしても君達の処遇はどうしようかな〜」

暗部だった者達は、その言葉に、まだなにかする気かと怯え出す。

「とりあえず、元いた場所に帰してあげるよ。ほら、ボクって優しいからね♪」

そう言うと、子供は狼に俺達の見張りを任せ、どこかに行ってしまった。

数十分後、子供がターゲットである佐藤悠斗を連れて戻ってきた。

佐藤悠斗は、まるで初めてこの場所を訪れたかのように周囲を見回して感嘆《かんたん》の声を上げる。

「うわぁっ～！　すごいねこの空間！　まるで空中を散歩しているような気分だよ。神獣達はどうやって赤い空と青い海を行き来しているの？」

「ふふ～ん！　それは秘密さ♪」

「教えてくれないの？　それは残念だな～。それで、もしかしてあれがマデイラ王国から来た暗部の皆さん？」

「そうだよ～♪　ちょっと見た目は変わっちゃったけどね♪」

ちょっとどころではない。それにしても、佐藤悠斗はこんな化け物をどうやって飼い慣らしているんだ。

「へ、へえ、そうなんだ……ロキさんってそんなこともできたんだね。なんかちょっと暗部の人達が可哀相に思えてきたよ……」

「そうかな？　そんなことよりも、さっきお願いした通り、マデイラ王国に『影転移《トランゼッション》』して、この人達を置いてきてね」

「うん。わかったよ」

佐藤悠斗はそう言うと、俺達に向かって影を伸ばしてきた。

これが佐藤悠斗のユニークスキル『影操作』なのだろう。

しかし、事前に聞いていた話と随分と違うようだ。影を操るだけのスキルのはずが、いつの間にかその影に呑み込まれて、気付いた時には建物の中にいた。

この場所、見たことがある。まるで、マデイラ王国の大広間のような……

そう考えていると、大広間の扉が開いてすぐ、中に入ってきたメイドが俺達の変わり果てた姿を見て叫び声を上げた。

「きゃぁぁぁぁぁぁ！　ゴブリンが！　ドラゴンが入り込んでいるわ！」

その悲鳴を聞いた騎士達が続々と大広間に集まってくる。

「な、なぜゴブリンがここにっ！」

「モンスターの入る隙はなかったはずだ！　門番はなにをやっている！」

騎士達はそう言って、俺達に剣を向けてきた。

俺達はなんとか騎士やメイドに訴えかけようとするも、その頑張りは通じず、騎士達は襲いかかってくる。

だが、こちらもこんなところで殺されるわけにはいかない。

なんとしても王に情報を持ち帰らなければと思い、騎士達を物理的に無効化するため力を奮う。

意外なことに、姿を変えられたとはいえ、身体能力に衰えはないようだ。騎士達が相手でも十分にやり合える。

順調に、騎士達を制圧していたのだが、見覚えのある不良二人が現れた。

そして、不良二人は、手を構えると詠唱を始めた。

「天空を満たす光よ！　我の命により、その力を解き放ちたまえ！　『放電《ディスチャージ》』！」

「光よ！　収束し！　その力を解き放て！　『光線《レイ》』！」

雷鳴と閃光が走り、断末魔の悲鳴とともに仲間達の命を狩っていく。

自分達をこのような姿にした悠斗の危険性を伝えようとしたが無念である。

俺も同じように雷に貫かれてしまった。

「いつになったら俺達は解放されるんだ……」

俺がどさりと音を立てて倒れ、意識が遠のいていく途中、不良二人の声が耳に届いた。

転異世界のアウトサイダー2 ～神達が仲間なので、最強です～

キャラクターデザイン&設定集

ケイ

好奇心旺盛な
人間の女の子

動きやすさ
重視の
ショートカット
火属性の
イメージから、
服に炎のような
文様を使用。
フェリーで
悠斗から
貰った子供達の
お揃いのミサンガ

ペンダントの妖精
悠斗を守る
縁の下の力持ち
羽はあるが、飛ぶときは
基本浮遊している。
サイズは悠斗の
手の平くらい。
尻尾を通す
穴のある
獣人族用の
ズボン
やんちゃな
少年の
雰囲気が出るよう
パーカーっぽい
服装に
ケイ達と
お揃いの
ミサンガ
フェイ
無尽蔵のスタミナを
持った獣人の男の子

月が導く異世界道中
Tsukiga Michibiku Isekai Dochu
あずみ圭
Azumi Kei
1~17
8.5
シリーズ累計200万部の超人気作!(電子含む)
TVアニメも大好評!!
CV 深澄 真:花江夏樹
巴:佐倉綾音 澪:鬼頭明里
監督:石平信司 アニメーション制作:C2C
レシート応募プレゼント
キャンペーン実施中!!
2021年6月4日~2021年9月30日まで
詳しくはこちら ››››››
薄幸系男子の成り上がりファンタジー、開幕!
なんでだろう親の都合で異世界へ
第5回アルファポリスファンタジー小説大賞 読者賞受賞作!
待望の書籍化!
●各定価:1320円(10%税込)
●illustration:マツモトミツアキ
1~17巻好評発売中!!
あずみ圭
木野コトラ
とことん不運、されどチート!!
シリーズ累計29万部!
漫画:木野コトラ
●各定価:748円(10%税込) ●B6判
コミックス1~9巻好評発売中!!

【創造魔法】を覚えて、万能で最強になりました。
sozomaho wo oboete banno de saikyo ni narimashita.
クラスから追放した奴らは、そこらへんの草でも食ってろ!
Author
久乃川あずき
Kunokawa Azuki
アルファポリス第1回次世代ファンタジーカップ「面白スキル賞」受賞作!
役立たずにやる食料は無いと追い出されたけど——
なんでもできる【創造魔法】を手に入れて、
快適異世界ライフ!
七池高校二年A組の生徒たちが、校舎ごと異世界に転移して三か月。役立たずと言われクラスから追放されてしまった水沢優樹は、偶然、今は亡き英雄アコロンが生み出した【創造魔法】を手に入れる。それは、超強力な呪文からハンバーガーまで、あらゆるものを具現化できる桁外れの力だった。ひもじい思いと危険なモンスターに悩まされながらも元の校舎にしがみつく「元」クラスメイト達をしり目に、優樹は異世界をたくましく生き抜いていく——
●定価:1320円(10%税込) ●ISBN:978-4-434-29623-9 ●Illustration:東上文
【創造魔法】を覚えて、万能で最強になりました。
クラスから追放した奴らは、そこらへんの草でも食ってろ!
久乃川あずき
役立たずにやる食料は無いと追い出されたけど——
なんでもできる【創造魔法】を手に入れて、
快適異世界ライフ!
……また仲間にするからハンバーガーをくれ?
知ったこっちゃありません。
アルファポリス第1回次世代ファンタジーカップ「面白スキル賞」受賞作!